FOLIO SCIENCE-FICTION

Isaac Asimov

Chrono-minets

Traduit de l'américain
par Ronald Blunden

Denoël

Cet ouvrage a été précédemment publié dans la collection Présence du futur aux Éditions Denoël.

Titre original :
THE EARLY ASIMOV
(Doubleday & Co. N.Y.)

Figure emblématique et tutélaire de la science-fiction, Isaac Asimov (1920-1992) s'est imposé comme l'un des plus grands écrivains du genre par l'ampleur intellectuelle de ses créations littéraires. Scientifique de formation, il se rendit mondialement célèbre grâce aux séries *Fondation* et *Les Robots*, qui révolutionnèrent la science-fiction de la première moitié du siècle par leur cohérence et leur crédibilité scientifique.

Écrivain progressiste, fervent défenseur du respect de la différence, Isaac Asimov fut un auteur extrêmement prolifique, abordant tour à tour la vulgarisation scientifique et historique, le polar, ou les livres pour la jeunesse.

Super-neutron

C'est lors de la dix-septième réunion de l'Honorable Société d'Ananias que nous eûmes la plus grande peur de notre vie, et, par voie de conséquence, élûmes Gilbert Hayes aux fonctions de président à perpétuité.

La société ne compte qu'un petit nombre de membres. Avant l'élection de Hayes, nous n'étions que quatre : John Sebastian, Simon Murfree, Morris Levin et moi-même. Le premier dimanche de chaque mois, nous déjeunions ensemble et justifiions à l'occasion de ces rencontres mensuelles le titre de société, en jouant l'addition du déjeuner sur nos qualités de bons ou de mauvais menteurs.

Il s'agissait d'un processus fort compliqué, qui obéissait à des règles parlementaires bien définies. À chaque réunion, à tour de rôle, un des membres devait raconter une histoire, et cette histoire devait satisfaire à deux conditions : elle devait être un mensonge énorme, compliqué, abracadabrant, et en même temps, il fallait qu'elle ait toutes les apparences de la vérité. Les membres étaient autorisés

— et ils ne s'en privaient pas — à contester tout ou partie du récit en posant des questions ou en exigeant des explications.

Haro sur le narrateur qui ne répondait pas à toutes les questions sur-le-champ, ou qui, en répondant, avait le malheur de se contredire. Il n'avait plus qu'à payer l'addition ! Financièrement parlant, il s'agissait là d'une perte négligeable, mais le déshonneur était considérable.

Et c'est alors qu'eut lieu cette dix-septième réunion, qui vit l'élection de Gilbert Hayes au poste de président à perpétuité. Hayes était l'un des spectateurs qui, sans être membre de notre société, assistaient de temps à autre à nos réunions pour écouter l'un ou l'autre d'entre nous fabuler entre la poire et le fromage. Il payait sa propre addition, et il lui était, bien entendu, défendu d'intervenir. Mais cette fois, il se trouvait être le seul qui fût présent en dehors des membres à part entière.

Nous avions fini de déjeuner, j'avais été élu président de séance, et on avait donné lecture de l'ordre du jour, lorsque Hayes se pencha en avant et dit d'une voix calme :

— J'aimerais tenter ma chance, aujourd'hui, Messieurs.

Je fronçai les sourcils :

— Aux yeux de la société, vous n'existez pas, monsieur Hayes. Il ne vous est pas possible de prendre part à ses activités.

— Dans ce cas, laissez-moi seulement faire une déclaration, dit-il. Le système solaire cessera d'exister à exactement 2 heures 17 minutes et 30 secondes cet après-midi.

Sa déclaration fit l'effet d'une bombe. Je jetai un coup d'œil à la pendule électrique qui était posée sur le récepteur de télévision. Elle marquait 1 h 14.

Je dis d'une voix hésitante :

— Si vous êtes en mesure d'étayer cette affirmation des plus extraordinaires, c'est avec le plus grand intérêt que nous vous écouterons. En principe, M. Levin doit parler aujourd'hui, mais s'il accepte de vous céder son tour, et si les autres membres de la société sont d'accord...

Levin sourit et hocha la tête en signe d'assentiment, et les autres firent de même.

Je donnai un coup de maillet sur la table.

— M. Hayes a la parole.

Hayes alluma un cigare et le regarda d'un air pensif.

— Je n'ai guère plus d'une heure devant moi, Messieurs, mais je vais commencer par le commencement, qui nous reporte environ quinze ans en arrière. À l'époque, et bien que j'aie donné ma démission depuis, j'étais astrophysicien et je travaillais à l'observatoire Yerkes. Encore jeune mais plein d'avenir, j'étais sur le point de trouver la solution de l'une des plus vieilles énigmes de l'astrophysique — l'origine des rayons cosmiques — et je ne manquais pas d'ambition.

Il fit une pause, et poursuivit en changeant de ton :

— Vous savez, il est curieux que malgré les progrès considérables que nous avons fait faire à la science au cours des deux derniers siècles, nous n'ayons percé le mystère de leur origine, ni celui, tout aussi étrange, de l'explosion des étoiles. Ce sont les deux éternelles énigmes, et nous ne sommes guère plus avancés aujourd'hui sur la voie de leur solution que nous ne l'étions au temps d'Einstein, d'Eddington et de Millikan.

« Toutefois, comme je le disais, je pensais tenir la solution au problème des rayons cosmiques, et je me mis en devoir de vérifier le bien-fondé de mes hypothèses par une observation scientifique du phénomène. Pour cela, il me fallait faire un tour dans l'espace. Ce n'était pas si facile que cela, cependant. Nous étions en 2129, voyez-vous, au lendemain de la dernière guerre, et la situation financière de l'observatoire laissait à désirer — mais n'étions-nous pas tous dans le même cas ?

« Je me débrouillai comme je pus. Je louai un vieux modèle 07 d'occasion, y empilai mes instruments, et partis seul. Il me fallut, de surcroît, quitter clandestinement le port sans laissez-passer, car je voulais éviter toutes les tracasseries administratives que l'armée d'occupation n'aurait pas manqué de me causer. C'était illégal, mais je voulais obtenir mes renseignements coûte que coûte. Je mis donc le cap à angle droit sur l'écliptique, approximativement dans la direction du pôle céleste Sud, et laissai Sol à un milliard de kilomètres derrière moi.

« Le voyage que je fis, et les renseignements scientifiques que je recueillis n'ont guère d'intérêt.

Je ne fis jamais de rapport ni sur l'un ni sur l'autre. C'est la planète que je trouvai qui constitue la matière de mon récit. »

À ces mots, Murfree haussa ses sourcils broussailleux et maugréa :

— Monsieur le Président, j'aimerais avertir M. Hayes qu'aucun membre ne s'en est jamais tiré avec une histoire de planète imaginaire.

Hayes eut un sourire sinistre.

— Je tenterai néanmoins ma chance. Si vous le permettez, je reprendrai le fil de mon récit. Je repérai la planète en question le dix-huitième jour de mon voyage ; elle avait l'apparence d'un minuscule disque orange de la taille d'un petit pois. Naturellement, le fait de trouver une planète dans cette région n'est pas une mince découverte. Je mis le cap dessus, et découvris aussitôt que cette planète n'avait pas, et de loin, fini de m'étonner. Le simple fait d'exister à cet endroit était en soi phénoménal — mais ce qui l'était plus encore, c'est qu'elle n'avait absolument aucun champ gravitationnel.

Le verre de vin de Levin lui échappa des mains et se brisa en mille morceaux.

— Monsieur le Président, bredouilla-t-il, je demande que l'orateur soit disqualifié sur-le-champ. Aucune masse ne peut exister sans déformer l'espace qui l'entoure, et donc sans créer un champ gravitationnel. Il vient de se livrer à une affirmation impossible, et il doit par conséquent être disqualifié.

Son visage était devenu rouge sous l'effet de l'indignation.

Mais Hayes leva une main :

— Je demande du temps, monsieur le Président. L'explication viendra au moment opportun. En la donnant maintenant, je ne ferais que compliquer les choses. M'autorisez-vous à continuer ?

Je considérai la chose un moment, puis dis :

— Eu égard à la nature de votre récit, je serais disposé à me montrer indulgent. Le délai que vous demandez vous est accordé, mais souvenez-vous qu'on vous sommera ultérieurement de fournir des éclaircissements, faute de quoi vous aurez perdu.

— D'accord, dit Hayes. Pour le moment, il vous faudra vous contenter de mon affirmation comme quoi la planète n'avait *absolument aucun* champ gravitationnel. Sur ce point, le doute n'est pas permis, car j'avais tous les instruments de mesure astronomiques nécessaires à bord de mon vaisseau, et bien qu'ils fussent d'une grande sensibilité, ils n'enregistrèrent absolument aucune réaction.

« Le phénomène fonctionnait dans les deux sens, car la planète n'était pas affectée par la gravité des autres masses. Je me permets de souligner de nouveau le fait qu'elle n'était pas *du tout* affectée. Je n'avais pas les moyens de m'en assurer à l'époque, mais une observation portant sur plusieurs années devait révéler par la suite que la planète se déplaçait suivant une orbite rectiligne et à une vitesse constante. Comme elle était suffisamment proche du Soleil pour subir son influence, le fait que sa trajectoire n'était ni elliptique ni hyperbolique et qu'elle n'accélérait pas au fur et à mesure qu'elle s'en rapprochait, prouve d'une façon formelle qu'elle était totalement indépendante de l'attraction solaire. »

— Un instant, Hayes.

Sébastian fronça les sourcils et eut un rictus qui fit luire sa prémolaire en or.

— Qu'est-ce qui maintenait cette merveilleuse planète en un seul bloc ? Puisqu'elle n'avait pas de gravité, comment se fait-il qu'elle ne se soit pas désagrégée et éparpillée en milliers de petits fragments ?

— À cause de l'inertie, tout simplement, rétorqua Hayes. Pour qu'elle se désagrège, il aurait fallu l'intervention d'une force quelconque. Une collision avec un autre corps de la même taille aurait peut-être pu provoquer l'éclatement — à supposer en premier lieu qu'aucune force propre à la planète ne la maintienne en un bloc.

Il soupira et poursuivit :

— Ce n'est pas tout. La couleur rouge orange de la planète et son faible pouvoir réfléchissant — ou albédo — me mirent sur une autre piste, et je découvris avec stupeur que la planète était complètement transparente à toute la gamme des ondes électromagnétiques, depuis les ondes radio jusqu'aux rayons cosmiques. Ce n'est qu'à la partie rouge et orange du spectre lumineux visible qu'elle était relativement opaque. D'où sa couleur.

— Et comment expliquez-vous cela ? demanda Murfree.

Hayes se tourna vers moi :

— C'est une question qui manque de sérieux, monsieur le Président. C'est comme si l'on me demandait d'expliquer pourquoi le verre est entièrement transparent à tout ce qui se situe au-dessus et au-dessous de la région des ultraviolets de sorte que la chaleur, la lumière et les rayons X le traversent mais qu'il reste opaque à la lumière ultraviolette elle-même. Ce genre de choses est une propriété de la substance elle-même, et doit être acceptée en tant que telle sans explications.

Je donnai un coup de maillet.

— La question est déclarée irrecevable !

— Je proteste, déclara Murfree. Hayes n'a pas bien compris ma question. Rien n'est parfaitement transparent. S'il est assez épais, le verre arrêtera même les rayons cosmiques. Auriez-vous le front de soutenir que la lumière bleue ou la chaleur, par exemple, pourraient traverser une planète entière ?

— Pourquoi pas ? répondit Hayes. Qu'une transparence parfaite n'existe pas à votre connaissance ne veut pas dire qu'elle n'existe pas du tout. Cela n'est en tout cas stipulé par aucune loi scientifique. Cette planète était parfaitement transparente sauf à une seule petite région du spectre lumineux.

Mon maillet de président de séance s'abattit de nouveau sur la table.

— L'explication est déclarée satisfaisante. Poursuivez, Hayes.

Son cigare s'était éteint et il prit le temps de le rallumer.

— Cela mis à part, la planète possédait toutes les caractéristiques d'une planète normale. Elle n'était pas tout à fait aussi grande que Saturne — son diamètre se situait peut-être à mi-chemin entre celui de Saturne et celui de Neptune. Des expériences ultérieures révélèrent qu'elle était dotée d'une masse, bien que celle-ci fût très difficile à évaluer en chiffres — mais elle était certainement de plus du double d'importance que celle de la Terre. Étant dotée d'une masse, elle en possédait les corollaires habituels que sont l'inertie et la force d'impulsion — mais pas de gravité.

La pendule indiquait maintenant 1 h 35.

Hayes suivit mon regard et dit :

— Oui, il ne nous reste plus que trois quarts d'heure. Je vais tâcher de me dépêcher !... Cette étrange planète m'amena tout naturellement à réfléchir, et comme, en outre, j'avais déjà élaboré certaines théories concernant les rayons cosmiques et les novæ, j'arrivai à une conclusion intéressante.

Il prit une profonde inspiration.

— Imaginez, si vous le pouvez, notre cosmos comme un nuage de... eh bien, de super-atomes qui...

— Je vous demande pardon, s'écria Sebastian en se levant. Est-ce que vous avez l'intention de fonder une partie de votre explication sur une analogie entre les étoiles et les atomes, ou entre les systèmes solaires et les orbites électroniques ?

— Pourquoi cette question ? demanda Hayes d'une voix paisible.

— Parce que si telle est votre intention, je demande votre disqualification immédiate. La croyance selon laquelle les atomes seraient des systèmes solaires miniatures relève de la même catégorie d'idée que la conception ptolémaïque de l'univers. Cette idée n'a jamais été acceptée par les scientifiques sérieux, même à l'aube de la théorie atomique.

J'opinai de la tête.

— L'intervention est fondée. Une telle analogie ne saurait être admise dans le cadre de votre explication.

— C'est à mon tour de protester, fit Hayes. Vous vous souviendrez qu'à l'école, lorsqu'en physique ou en chimie élémentaire on vous faisait étudier les propriétés des gaz, on prétendait souvent, pour illustrer une explication, que les molécules de gaz étaient de minuscules boules de billard. Cela veut-il dire que les molécules de gaz *sont effectivement* des boules de billard ?

— Non, concéda Sebastian.

— Cela veut seulement dire, fit Hayes, continuant sur sa lancée, que la façon dont fonctionnent les molécules de gaz est comparable, à certains égards, à la façon dont fonctionnent les boules de billard. Par conséquent, on comprend mieux le fonctionnement des uns en étudiant le fonctionnement des autres. J'essaie seulement, pour ma part, de mettre en lumière un phénomène de notre univers d'étoiles, et pour en faciliter la compréhension, je le compare à un phénomène semblable et mieux connu du monde des atomes. Cela ne veut pas dire pour autant que les étoiles sont des macroatomes.

Hayes avait vaincu mes réticences.

— La démonstration ne manque pas d'habileté, dis-je. Vous pouvez poursuivre votre explication, mais si j'estime, en ma qualité de président de séance, que votre analogie devient fallacieuse, vous serez disqualifié.

— Soit, dit Hayes. Mais passons un instant, si vous le voulez bien, à un autre problème. Est-ce que l'un d'entre vous se souvient des premières centrales nucléaires qui furent construites il y a cent soixante-dix ans, et de la façon dont elles fonctionnaient ?

— Si je ne m'abuse, grommela Levin, elles utilisaient la méthode classique de la fission de l'uranium. On bombardait de l'uranium avec des neutrons lents et on le décomposait en masurium, en barium, en rayons gamma et en d'autres neutrons, ce qui avait pour effet de déclencher une réaction en chaîne.

— Exact ! Eh bien, imaginez que l'univers stellaire ressemble à certains égards — je tiens à préciser qu'il s'agit d'une métaphore, et qu'il ne faut pas la prendre au pied de la lettre —, imaginez donc qu'il ressemble à un corps composé d'atomes d'uranium, et imaginez que cet univers stellaire soit bombardé de l'extérieur par des objets fonctionnant d'une façon comparable à la façon dont fonctionnent les neutrons à l'échelle atomique.

« Si un tel super-neutron heurtait un soleil, il

provoquerait l'explosion de ce soleil et sa décomposition en radiations et en d'autres super-neutrons. En d'autres termes, vous auriez une nova. »

Il nous regarda pour voir si nous trouvions quelque chose à redire.

— Et sur quoi vous fondez-vous pour avancer une pareille idée ? demanda Levin.

— Sur deux arguments : l'un qui procède de la logique, l'autre de l'observation. Tout d'abord, la logique. Les étoiles sont essentiellement le produit d'un équilibre entre matière et énergie, et pourtant, sans qu'on ait pu dénoter le moindre changement perceptible — spectral ou autre — il leur arrive soudain d'exploser. Qui dit explosion dit instabilité. Mais où ? Pas à l'intérieur de la planète, puisqu'elle a été en équilibre pendant des millions d'années. L'instabilité ne vient pas davantage d'un point situé à l'intérieur de l'univers, puisque les novae se produisent suivant une répartition régulière dans tout l'Univers. On en conclut, en procédant par élimination, qu'elle vient d'un point situé *en dehors* de l'Univers.

« Deuxièmement, l'observation : j'ai vu de mes propres yeux un de ces super-neutrons ! »

Murfree dit d'une voix indignée :

— Je suppose que vous faites allusion à cette planète que vous avez découverte par hasard ?

— C'est exact.

— Dans ce cas, qu'est-ce qui vous fait croire que c'est un super-neutron ? Votre théorie ne peut pas vous servir de preuve, parce que vous utilisez le super-neutron lui-même pour justifier votre théorie. Les raisonnements en cercle vicieux ne sont pas de mise, ici.

— Je sais, dit Hayes avec raideur. Je vais de nouveau avoir recours à la logique. C'est la charge électromagnétique des électrons et des protons qui confère sa force de cohésion au monde des atomes. Pour le monde des étoiles, cette force de cohésion, c'est la gravité. Ces deux forces ne se ressemblent que d'une façon très générale. Il y a, pour ne citer qu'un exemple, deux types de charge électrique — la charge positive et la charge négative — alors qu'il n'existe qu'un seul type de gravité — et il y a d'innombrables différences mineures. Je crois, cependant, être en droit de faire l'analogie suivante : un neutron à l'échelle atomique est une masse dépourvue de la force de cohésion atomique, c'est-à-dire de charge électrique. Un super-neutron à l'échelle stellaire *devrait* être une masse dépourvue de la force de cohésion stellaire, c'est-à-dire de gravité. Par conséquent, si je rencontre un corps sans gravité, il me semble logique d'en conclure qu'il s'agit, selon toute vraisemblance, d'un super-neutron.

— Vous considérez que c'est là une démarche scientifique rigoureuse ? demanda Sebastian d'une voix sarcastique.

— Non, concéda Hayes, mais elle est logique, ne va à l'encontre d'aucune loi scientifique que je connaisse, et fournit une explication cohérente au phénomène des novae. Cela devrait nous suffire pour le moment.

Murfree contemplait ses ongles d'un air absorbé.

— Et où se dirige exactement votre super-neutron ?

— Je vois que vous anticipez, dit Hayes d'un air sombre. C'est ce que je me suis demandé à l'époque. À 2 heures 9 minutes et 30 secondes cet après-midi, il heurte le Soleil de plein fouet, et huit minutes plus tard, les radiations provoquées par l'explosion anéantiront la Terre.

— Pourquoi n'avez-vous pas signalé tout cela aux autorités ? aboya Sebastian.

— À quoi cela aurait-il servi ? Il n'y avait rien à faire. Nous n'avons aucun moyen de contrôler les masses astronomiques. Toute l'énergie disponible sur terre n'aurait pas suffi à détourner cet énorme corps de sa trajectoire. Il était inutile de chercher le salut dans les limites du système solaire lui-même, car Neptune et Pluton seront transformés en corps gazeux en même temps que les autres planètes de notre système, et les voyages interstellaires sont encore impossibles à ce jour. Comme l'homme ne peut survivre indépendamment dans l'espace, il est bel et bien condamné.

« Pourquoi ébruiter tout cela ? Que se serait-il passé après que je les eus convaincus que leur arrêt de mort était signé ? Suicides, vagues de criminalité, orgies, messies, prêcheurs et tout ce qu'on peut imaginer de plus mauvais et de plus futile. Et après tout, est-ce si horrible que cela de mourir par nova ? C'est instantané et très propre. À 2 h 17 vous êtes là. À 2 h 18 vous êtes une masse de gaz raréfié. C'est une mort si rapide et si facile que ce n'est presque pas mourir. »

Il se tut et il y eut un long silence. Je me sentais mal à l'aise. Il y a mensonge et mensonge, et le sien avait par trop l'air de ne pas en être un. Hayes n'avait pas ce tressaillement imperceptible de la lèvre et cette petite lueur au fond des yeux qui trahissent l'intense satisfaction de celui qui « les a bien eus ». Il était terriblement, implacablement sérieux. Je pouvais voir que les autres partageaient mon sentiment de malaise. Levin buvait son vin à grandes gorgées, et sa main tremblait. Finalement, Sebastian toussa bruyamment et dit :

— Cela fait combien de temps que vous avez découvert ce super-neutron, et où ?

— Il y a quinze ans, à un milliard et demi de kilomètres du Soleil ou plus.

— Et pendant tout ce temps il n'a cessé de s'approcher du Soleil ?

— Oui, à une vitesse constante de trois kilomètres à la seconde.

— Parfait, je vous tiens !

Sebastian en riait presque de soulagement.

— Comment se fait-il que les astronomes ne l'aient pas repéré pendant tout ce temps ?

— Mon Dieu, répliqua impatiemment Hayes. On voit bien que vous n'êtes pas astronome. Il faudrait être bien ignorant pour chercher une planète dans le pôle céleste Sud alors qu'on n'en trouve que dans l'écliptique.

— Mais, fit remarquer Sebastian, cette région est observée tout de même. On la photographie.

— Bien sûr ! Pour autant que je sache, le super-neutron a pu être photographié cent fois, mille fois si vous voulez, bien que le pôle Sud soit la partie la moins surveillée de l'espace. Mais qu'est-ce qui le différencierait d'une étoile ? Avec son faible albédo, il n'a jamais dépassé la magnitude onze dans l'échelle de luminosité. Après tout, il n'est déjà pas si facile de repérer des planètes en temps normal. Uranus avait été repérée bien des fois avant que Herschel ne s'avise qu'il s'agissait d'une planète. Il a fallu des années pour trouver Pluton alors même qu'on la *recherchait !* Rappelez-vous aussi que n'ayant pas de gravité, le super-neutron ne provoque aucune perturbation planétaire, et que l'absence de toute perturbation élimine l'indication la plus évidente de sa présence.

— Mais au fur et à mesure qu'il approche du Soleil, insista désespérément Sebastian, sa taille apparente devait augmenter, et vu dans un télescope, il devrait se présenter sous la forme d'un disque parfaitement visible. Même si la quantité de lumière qu'il réfléchit est très faible, il devrait cacher les étoiles qui se trouvent derrière lui.

— C'est vrai, admit Hayes. Je ne dis pas qu'une étude cartographique systématique de la région polaire n'aurait pas révélé sa présence, mais une telle étude a été faite il y a longtemps, et les recherches superficielles qu'on entreprend dans ce secteur de temps à autre pour trouver des novae — surtout de type spectral — n'ont rien de minutieux. Il convient également de préciser qu'au fur et à mesure que le super-neutron s'approche du

Soleil, il n'apparaît plus qu'à l'aube et au crépuscule — ce qui rend son observation beaucoup plus difficile. Et c'est ainsi que, de fait, il n'a tout simplement pas été repéré — comme on pouvait d'ailleurs s'y attendre.

Il y eut de nouveau un silence, et je m'aperçus que mon cœur battait à se rompre. Il était 2 heures précises, et nous n'avions pas été capables de trouver une faille dans le récit de Hayes. Il nous fallait prouver qu'il mentait, et vite, ou j'allais mourir sous l'effet du seul suspense. Tous nos regards restaient rivés à la pendule.

Levin prit le relais de Sebastian et se lança dans la bagarre :

— C'est tout de même une drôle de coïncidence que votre super-neutron se dirige tout droit vers le Soleil. Du point de vue des probabilités, combien y avait-il de chances pour qu'il passe à côté ? Les chances que votre récit soit une affabulation sont directement proportionnelles au nombre de ces chances, ne l'oubliez pas.

Je m'interposai :

— Votre objection n'est pas valable, monsieur Levin. Invoquer l'improbabilité, si grande soit-elle, ne constitue pas un argument suffisant. Seules l'impossibilité totale ou la mise en lumière d'une contradiction interne au récit peuvent entraîner la disqualification.

Mais Hayes fit un signe de la main.

— Cela ne fait rien. Laissez-moi répondre tout de même. Si l'on prend un unique super-neutron et une unique étoile, les chances que l'un et l'autre se heurtent de plein fouet sont infimes. Mais statistiquement parlant, si vous envoyez un nombre suffisant de super-neutrons dans l'Univers pendant un laps de temps suffisamment long, toutes les étoiles devraient être touchées tôt ou tard. L'espace doit grouiller de super-neutrons — disons qu'il y en a à peu près un pour mille parsecs cubes — de sorte que malgré les distances considérables qui séparent les étoiles et la relative petitesse des objectifs, vingt novae se produisent tous les ans dans notre seule galaxie — autrement dit il y a annuellement vingt collisions entre des super-neutrons et des étoiles.

« La situation ne diffère pas fondamentalement de celle qui est créée lorsque l'uranium est bombardé de neutrons ordinaires. Il se peut qu'un seul neutron sur cent millions fasse mouche, mais le temps aidant, chaque noyau finira par exploser. S'il y a une intelligence extra-universelle qui dirige ce bombardement — ce qui relève du domaine de l'hypothèse la plus pure et ne fait pas, notez-le bien, partie de ma démonstration —, ce qui pour nous est une année n'est probablement pour eux qu'une fraction infinitésimale de seconde. En ce qui les concerne, leurs neutrons font peut-être mouche au rythme de plusieurs milliards par seconde. De l'énergie a pu s'accumuler au point que, sous l'effet de la chaleur, la matière qui compose notre univers est passée à l'état gazeux, ou à ce qui tient lieu d'état gazeux chez eux. C'est vrai, vous savez, que l'Univers se dilate comme un gaz. »

— Tout de même, que le tout premier super-neutron à entrer dans notre système se dirige droit vers le Soleil semble pour le moins...

La phrase de Levin se perdit dans un faible balbutiement.

— Mon Dieu, fit Hayes avec une impatience non dissimulée, qui vous a dit que c'était le premier ? Des centaines de super-neutrons ont pu traverser notre système en des temps géologiques. Un ou deux d'entre eux l'ont peut-être traversé au cours du dernier millénaire. Comment le saurions-nous ? Même lorsque l'un d'eux se dirige directement vers le Soleil, les astronomes ne sont pas capables de le repérer. Peut-être est-ce le premier à traverser notre système solaire depuis l'invention du télescope, et avant cela, bien sûr... Et n'oubliez pas que, n'ayant pas de gravité, ils peuvent traverser le système de part en part sans affecter les planètes. Seule une collision avec le Soleil peut produire un effet, et alors il est trop tard...

Il jeta un coup d'œil à la pendule.

— 2 h 5 ! Nous devrions pouvoir le voir se détacher sur le Soleil, à l'heure qu'il est.

Il se leva et alla à la fenêtre relever le store. La lumière crue du soleil inonda la pièce, et je m'écartai du rai de lumière poussiéreux. J'avais la bouche aussi sèche que du parchemin. Murfree s'essuyait le front, mais des gouttelettes de sueur perlaient sur ses joues et sur son cou.

Hayes sortit de sa poche plusieurs chutes de pellicule négative impressionnée et nous les distribua.

— J'ai tout prévu, comme vous voyez.

Il en tint une devant ses yeux et regarda le Soleil.

— Le voilà, dit-il d'une voix placide. Mes calculs montraient qu'il s'interposerait entre le Soleil et la Terre au moment de l'impact. C'est assez pratique !

Je regardai le Soleil, moi aussi, et sentis mon sang se figer dans mes veines. Un petit point noir parfaitement rond se détachait très distinctement contre le disque éblouissant du Soleil.

— Pourquoi ne se vaporise-t-il pas ? bredouilla Murfree. Il doit pratiquement être entré dans l'atmosphère solaire.

Je ne crois pas qu'il tentait d'infirmer la théorie de Hayes. Il avait dépassé ce stade. Il essayait très sincèrement de comprendre.

— Je vous ai déjà dit, expliqua Hayes, qu'il est absolument transparent à presque toutes les radiations solaires. Seules les radiations qu'il absorbe peuvent se transformer en chaleur, et elles ne représentent qu'un très faible pourcentage des radiations qu'il reçoit. De plus, il n'est pas fait de matière ordinaire, mais probablement d'une matière beaucoup plus réfractaire que tout ce qu'on peut trouver sur terre, et la température de la surface solaire ne dépasse pas 6000 degrés centigrades.

Sans se retourner, il désigna la pendule du pouce.

— Il est 2 heures 9 minutes et 30 secondes, Messieurs. Le super-neutron a frappé, et la mort est en route. Nous avons huit minutes devant nous.

Nous restions pétrifiés sur place, en proie à ce

qu'on ne peut appeler qu'une terreur panique. Je me souviens de la voix de Hayes, très détachée :

— À l'heure qu'il est, Mercure n'existe plus !

Puis, quelques minutes plus tard :

— Il n'y a plus de Vénus !

Puis finalement :

— Plus que trente secondes, Messieurs !

Les secondes passèrent lentement, mais finirent par passer, suivies de trente autres secondes, puis de trente autres...

Une expression d'intense stupéfaction envahit peu à peu le visage de Hayes. Il saisit la pendule et la regarda, puis examina de nouveau le Soleil à travers son morceau de pellicule.

— Il a disparu !

Il se tourna vers nous.

— C'est incroyable ! J'y avais pensé, mais je n'avais pas osé pousser trop loin l'analogie avec l'atome. Vous savez que les noyaux atomiques n'explosent pas tous, en étant touchés par un neutron. Certains d'entre eux, le cadmium, par exemple, les absorbent les uns après les autres comme une éponge absorbe de l'eau. Je...

Il fit une nouvelle pause, puis poursuivit d'un air rêveur :

— Même le bloc d'uranium le plus pur contient des traces de tous les autres éléments. Et dans un univers de plusieurs centaines de milliards d'étoiles agissant comme de l'uranium, que représente un malheureux million d'étoiles du type cadmium ? Rien ! Et pourtant, le Soleil est l'une de ces étoiles ! Qu'a fait l'humanité pour mériter cela ?

Il continuait à parler, mais le soulagement avait fini par se propager jusque dans nos cerveaux engourdis, et nous ne l'écoutions plus. D'une façon quasi hystérique, nous élûmes Gilbert Hayes président à perpétuité par acclamations enthousiastes et décernâmes à son récit le titre du plus colossal mensonge jamais raconté.

Mais il y a quelque chose qui me chiffonne. Hayes s'acquitte très bien de ses fonctions ; la Société est plus florissante que jamais, mais je crois, tout compte fait, qu'il aurait dû être disqualifié. Son récit remplissait la deuxième condition : il avait toutes les apparences de la vérité. Mais je ne crois pas qu'il remplissait la *première* condition.

Je crois bien que *c'était* la vérité !

Vers cette époque, l'idée m'était venue de me lancer dans une série de nouvelles. *Super-neutron* était destiné à n'être que le premier d'une longue série de récits plus malins et plus ingénieux les uns que les autres, qui auraient été racontés lors des réunions de l'Honorable Société d'Ananias. Mon projet ne devait jamais se réaliser. Il n'y eut jamais de deuxième récit — même pas sous forme d'ébauche, ni même simplement d'idée.

Lorsque j'écrivis *Super-neutron*, en février 1941, j'avais déjà entendu parler de la fission de l'uranium, et j'en avais même discuté en détail avec Campbell. Je réussis à y faire allusion dans le cours de mon récit en parlant de « l'énergie obtenue par la méthode classique de la fission de l'uranium ». Je mentionnai également le cadmium comme étant un métal ayant la propriété d'absorber les neutrons. Ce n'était pas mal du tout pour un récit qui parut en 1941, et il m'arrive de le citer en public quand je veux faire impression.

Vous remarquerez, cependant, que dans le même paragraphe où je parle de la fission de l'uranium, il est aussi question de masurium. En fait, le nom de masurium était celui qu'on avait donné à l'élément n° 43 en 1926, mais cette découverte se révéla être une fausse alerte. Cet élément ne fut vraiment découvert qu'en 1937, et reçut le nom — aujourd'hui couramment admis — de technetium. Il semble qu'à l'époque si j'étais capable de sonder l'avenir et de prévoir que la fission de l'uranium deviendrait une source pratique d'énergie, j'étais incapable, en revanche, de regarder quelques années en arrière pour vérifier le nom exact donné à l'élément n° 43.

Cela nous amène tout naturellement au 17 mars 1941 et à l'un des tournants décisifs de ma carrière d'écrivain.

J'avais écrit, à ce jour, trente et une nouvelles dont dix-sept avaient été acceptées, et quatre autres étaient en passe de l'être. Parmi ces nouvelles, il ne s'en trouvait guère plus de trois dont la valeur littéraire allait se révéler tant soit peu durable — je veux parler des trois récits de la série des *Robots positoniques, Robbie, Reason* et *Liar*.

Lorsque je me penche, aujourd'hui, sur ces trois premières années de ma carrière littéraire, force m'est de ne reconnaître dans le jeune homme que j'étais qu'un écrivain de troisième ordre, sans surprises, promis (peut-être) à un avenir moins obscur. Qui plus est, moi-même je ne me considérais pas à l'époque comme étant autre chose. Et personne ne pensait sérieusement que j'allais devenir une étoile qui brillerait au firmament de la littérature de science-fiction, à l'exception peut-être de Campbell.

Comment expliquer, dès lors, que le 17 mars 1941, je m'assis à mon bureau et me mis en devoir d'écrire un court récit de science-fiction qui depuis maintenant trente ans est considéré par un nombre étonnant de lecteurs comme un chef-d'œuvre du genre ? Cela paraît impensable, et pourtant...

Tout commença lorsque j'entrai ce jour-là dans le bureau de Campbell et, comme d'habitude, suggérai une idée de nouvelle. J'ai oublié de quoi il s'agissait, mais il la rejeta immédiatement — non pas tant parce qu'elle était mauvaise que parce qu'il avait l'esprit occupé par autre chose et qu'il voulait m'en parler. Il était tombé sur une citation de Ralph Waldo Emerson qui disait : « Si les étoiles n'apparaissaient qu'une nuit tous les mille ans, comme l'homme chérirait, adorerait, et transmettrait de génération en génération le souvenir de la cité de Dieu[1] ! » Campbell me demanda ce que je pensais qu'il adviendrait si les étoiles n'apparaissaient qu'à longs intervalles. Je n'avais rien d'intelligent à lui suggérer.

— Je crois que les hommes deviendraient fous, dit-il d'un air pensif.

Nous en discutâmes à bâtons rompus pendant un bon moment, puis je rentrai chez moi pour écrire, en m'inspirant de cette idée, une nouvelle à laquelle Campbell et moi donnâmes, d'entrée de jeu, le titre de *Nightfall* (*Quand les ténèbres viendront !*)

Je me mis au travail ce soir-là. Je me souviens parfaitement de chaque détail : l'appartement de mes parents devant Windsor Place, à Brooklyn, juste en face de la confiserie. Je revois ma propre chambre, contiguë au salon, avec mon lit, mon bureau, ma machine à écrire à leurs places respectives — et moi-même à pied d'œuvre.

Des années plus tard, les amateurs de science-fiction prirent l'habitude d'organiser des élections pour désigner la meilleure nouvelle de science-fiction jamais publiée. *Nightfall* arriva fréquemment en tête de liste. Il y a à peine deux ans, la Société des auteurs de science-fiction d'Amérique deman-

1. Quelqu'un sait-il dans quel essai et dans quel contexte Emerson a écrit cette phrase ? De temps en temps je parcours au hasard les dictionnaires de citations ou les œuvres complètes d'Emerson à la recherche de cette citation, mais je ne l'ai pas encore trouvée. J'espère qu'elle existe et que je la reproduis correctement.

da à ses membres de désigner, au cours d'un vote, les meilleures nouvelles de science-fiction jamais publiées afin de les rassembler dans une anthologie des grands classiques du genre. *Nightfall* arriva en tête de scrutin avec une avance appréciable — et, bien sûr, elle figure à ce jour dans une douzaine d'autres anthologies.

Au vu de ce dossier, on pourrait affirmer sans grande crainte de se tromper que *Nightfall* est la meilleure (ou du moins la plus populaire) des nouvelles de science-fiction jamais parues dans une revue spécialisée. Je me demande souvent avec un frisson rétrospectif ce qui serait arrivé ce soir du 17 mars 1941 si quelque esprit malin avait murmuré dans mon oreille :

« Tu es sur le point de commencer à écrire le meilleur récit de science-fiction de tous les temps. »

Il ne fait aucun doute que j'aurais perdu, du coup, tous mes moyens. J'aurais été incapable de taper une ligne.

Mais on ne connaît pas le sort que l'avenir nous réserve, et je me mis allègrement au travail. La nouvelle fut terminée le 9 avril 1941. Je l'apportai à Campbell le même jour. Il me demanda d'y apporter une ou deux petites modifications, ce que je fis, et le 24 avril 1941, il l'accepta.

Avec *Nightfall*, j'établis un certain nombre de records personnels. Avec ses treize mille mots, c'était le plus long récit que j'avais jamais publié. Campbell m'octroya une prime (la première de ma carrière) ce qui porta le tarif à 1 cent un quart le mot, et je reçus un chèque d'un montant total de

166 dollars — ce qui faisait plus que doubler mon précédent record[1].

De plus, *Nightfall* tint en quelque sorte la vedette dans le numéro de septembre 41 de *Astounding*. Pour la première fois, mon nom apparut sur la couverture de la revue où les mots *Nightfall*, par Isaac Asimov, s'étalaient en gros caractères.

Mais ce qui était encore plus important pour moi, c'était que grâce à *Nightfall*, et de l'aveu de tout le monde (trois ans après que je me fus lancé), j'allais désormais figurer parmi les grands noms de la science-fiction.

Ce récit ne figure pas, hélas, dans ce recueil. Il est publié (bien sûr) dans *Nightfall and other stories*[2]

1. *Black Friar of the Flame* comptait trois mille mots de plus que *Nightfall*, mais ne devait être acceptée que six mois plus tard, et comme le tarif fut de un cent par mot, elle ne me rapporta que 161 dollars. Bien sûr, les gains d'un écrivain ne se limitent pas toujours à la somme qu'il touche pour un texte inédit. Ainsi *Nightfall* m'a rapporté plusieurs milliers de dollars depuis 1941, et continuera encore à m'en rapporter ; *Black Friar of the Flame*, en revanche, ne m'a pas rapporté un cent de plus que le chèque initial — jusqu'à ce qu'elle soit publiée dans ce recueil.

2. En racontant dans ce recueil de nouvelles comment j'en étais venu à écrire *Nightfall*, je précisai, en citant de mémoire, qu'elle m'avait rapporté 150 dollars. Une fois de plus je dois battre ma coulpe. Mes dossiers en effet sont formels : c'est 166 dollars, et non 150, que je touchai pour *Nightfall*. C'est un détail qui ne vaut peut-être pas qu'on s'y arrête, mais je connais mes lecteurs. En mettant les choses au point maintenant, je m'évite des dizaines de lettres où il sera fait état de cette contradiction et où l'on exigera des explications.

Le plaisir que j'eus à écrire *Nightfall* et les éloges sincères et sans réserve que cette nouvelle me valut de la part de Campbell auraient dû, selon toute logique, me pousser à me remettre aussitôt au travail, mais il n'en fut rien. Le printemps 1941 fut pour moi une période assez sombre.

À n'importe quel moment, cette année-là, j'aurais pu quitter Columbia avec une maîtrise en poche, mais cela ne m'aurait pas servi à grand-chose. Comme aucun emploi ne m'attendait, j'en étais réduit à prendre mon mal en patience et à essayer d'augmenter ma valeur aux yeux d'un éventuel employeur en essayant de décrocher la timbale — le doctorat.

Mais cela voulait dire qu'il me fallait passer une série interminable d'« examens d'aptitude » terriblement compliqués sans lesquels je ne pouvais entreprendre les recherches indispensables à la rédaction de ma thèse de doctorat. Ils étaient difficiles à obtenir, et je ne me sentais pas du tout prêt, mais il me fallait bien tenter ma chance à un moment ou à un autre. D'ailleurs, si je n'échouais que de peu, j'avais le droit de me représenter aux examens d'aptitude.

En mai, je délaissai donc pour un temps la machine à écrire, travaillai d'arrache-pied en vue de mes examens d'aptitude — et fus recalé. Mes résultats furent assez honorables, toutefois, pour que j'aie la possibilité de me représenter, et l'on me donna ma maîtrise en guise, en quelque sorte, de cadeau de consolation. Mais j'étais quand même assez découragé.

(Et dehors, dans le vaste monde, les choses n'allaient guère mieux. Bien que la Grande-Bretagne eût survécu aux bombardements aériens, Hitler paraissait encore invincible. Il avait envahi les Balkans et remportait une nouvelle série de victoires spectaculaires, ce qui n'était guère de nature à me remonter le moral.)

Ce n'est que le 24 mai 1941 que je pus me décider à me remettre à ma machine à écrire. J'écrivis *Non définitif!* que je soumis à Campbell le 2 juin. Il l'accepta le 6, mais sans m'octroyer de prime.

Non définitif !

Nicolas Orloff introduisit un monocle dans son orbite gauche d'un de ces gestes si britanniques dont ce Russe, ayant fait ses études à Oxford, avait le secret, et dit d'un ton de reproche :

— Mais monsieur le Secrétaire ! Un demi-milliard de dollars !

Léo Birnam haussa les épaules d'un air las, et son corps efflanqué s'enfonça encore plus profondément dans son fauteuil :

— Vous devez faire en sorte que ces crédits soient votés, monsieur le Commissaire. Ici, sur Ganymède, le gouvernement colonial commence à désespérer. Jusqu'à présent, j'ai réussi à tenir la situation en main, mais en tant que secrétaire aux Affaires scientifiques, mes pouvoirs sont assez limités.

— Je sais, mais...

Et Orloff leva les mains dans un geste d'impuissance.

— Je comprends, acquiesça Birnam. Le gouvernement impérial trouve qu'il est plus commode de faire la sourde oreille ; ça a été sa tactique depuis le début de cette affaire. Voilà déjà un an que j'essaie de leur faire comprendre la nature du danger qui pèse sur le système tout entier, mais il semble qu'il n'y ait rien à faire. J'invoque votre aide, monsieur le Commissaire. Vous occupez votre poste depuis peu et vous pouvez voir cette affaire jupitérienne d'un œil dénué de préjugés !

Orloff toussota et fixa la pointe de ses chaussures. Au cours des trois mois qui s'étaient écoulés depuis qu'il avait succédé à Gridley au poste de commissaire aux Affaires coloniales, il avait classé sans les lire tous les documents relatifs à ces « sacrés E. T. jupitériens » qui étaient passés entre ses mains. En cela il ne faisait que respecter l'esprit et la lettre de la politique ministérielle officielle qui avait catalogué l'affaire jupitérienne comme étant « sans intérêt » bien avant qu'il entre en fonction.

Mais maintenant que Ganymède montrait les dents, il s'était retrouvé du jour au lendemain à bord d'un vaisseau filant vers Jovopolis, avec l'ordre de remettre au pas ces « satanés provinciaux ». Sa situation n'avait rien d'enviable.

Birnam parlait :

— En fait le gouvernement colonial en est arrivé au point où il a tellement besoin de cet argent que s'il n'obtient pas satisfaction, il divulguera toute l'affaire.

Le flegme qu'affichait Orloff s'effrita complètement et il attrapa au vol son monocle qui tombait.

— Mais mon cher !...

— Je sais ce que cela voudrait dire. Je n'étais

personnellement pas en faveur d'une telle mesure, mais ils sont fondés à le faire. Une fois que les dessous de l'affaire jupitérienne seront portés à la connaissance du public, le gouvernement impérial sera renversé dans la semaine. Et lorsque les technocrates arriveront au pouvoir, ils nous donneront tout ce que nous voudrons. L'opinion publique y veillera.

— Mais vous provoquerez aussi la panique et l'hystérie collective...

— Sans aucun doute ! Et c'est pourquoi nous hésitons. Mais considérez ce que je viens de vous dire comme une espèce d'ultimatum. Nous voulons que tout cela reste secret. Mais il est encore plus indispensable d'avoir de l'argent.

— Je vois.

Orloff réfléchissait à toute allure, et les conclusions auxquelles il parvenait n'avaient rien de réjouissant.

— Dans ce cas, le mieux serait d'étudier cette affaire de plus près. Si vous avez les documents concernant vos communications avec la planète Jupiter...

— Je les ai ici, répondit sèchement Birnam, et le gouvernement impérial à Washington les a aussi. Vous ne vous tirerez pas d'affaire aussi facilement, monsieur le Commissaire. Ça fait un an que les officiels terriens nous font le coup, et ça ne nous a menés strictement nulle part. Je veux que vous m'accompagniez à la station Ether.

Le Ganymédien s'était levé et fixait Orloff d'un

air menaçant du haut de ses deux mètres. Le sang monta au visage d'Orlöff.

— Est-ce un ordre ?

— Si vous voulez. Je vous dis que nous n'avons plus le temps de tergiverser. Si vous avez l'intention d'agir, vous devez le faire vite ou pas du tout.

Birnam fit une pause, puis ajouta :

— Cela ne vous dérange pas de marcher un peu, j'espère. En principe, les véhicules motorisés n'ont pas accès à la station Ether, et je profiterai de la marche pour vous expliquer certains faits. Ce n'est qu'à trois kilomètres d'ici.

— Je marcherai, lui fut-il sèchement répondu.

L'ascension vers le premier sous-sol se fit dans un silence qui fut brisé par Orloff lorsqu'ils prirent pied dans le vestibule faiblement éclairé.

— Il fait froid, ici.

— Je sais. Il est difficile de maintenir une température normale si près de la surface. Mais il fera encore plus froid dehors. Tenez !

Birnam avait ouvert d'un coup de pied la porte d'un placard et désignait les combinaisons qui y étaient suspendues.

— Enfilez-en une. Vous en aurez besoin.

Orloff les palpa d'un air sceptique.

— Vous êtes sûr qu'elles sont assez épaisses ?

Birnam passait sa propre combinaison tout en parlant :

— Elles ont un système de chauffage électrique intégré. Vous verrez que vous ne sentirez pas du tout le froid. C'est ça ! Passez le bas du pantalon à l'intérieur des bottes et lacez-les serré.

Puis il se retourna et, en ahanant sous l'effort, extirpa du placard une bibouteille de gaz comprimé. Il jeta un coup d'œil au manomètre et ouvrit le robinet. Il y eut un léger sifflement de gaz qui s'échappe, et Birnam renifla celui-ci d'un air satisfait.

— Vous savez vous servir de ces trucs ? demanda-t-il en vissant sur le robinet des bouteilles un tuyau flexible en tissu métallique qui se terminait par un objet curieusement arrondi en verre épais et transparent.

— Qu'est-ce que c'est ?

— Un masque à oxygène ! Le peu d'atmosphère qu'il y a sur Ganymède est composé d'argon et d'azote, environ moitié-moitié. Ce n'est pas particulièrement respirable.

Il hissa le double cylindre sur le dos d'Orloff et l'ajusta dans son harnais.

Orloff chancela.

— C'est lourd. Je ne peux pas marcher trois kilomètres avec ça sur le dos.

— Ça ne sera pas lourd là-haut.

Birnam fit un mouvement de tête désinvolte vers le haut et abaissa le masque en verre devant le visage d'Orloff.

— Rappelez-vous seulement d'inspirer par le nez et d'expirer par la bouche, et vous n'aurez pas de problème. Au fait, est-ce que vous avez mangé récemment ?

— J'ai déjeuné avant de venir vous voir.

Birnam eut une moue hésitante.

— Voilà qui complique les choses.

Il sortit une petite fiole en métal d'une de ses poches et la lança au commissaire.

— Mettez une de ces pilules dans votre bouche, et sucez-la sans l'avaler.

Orloff manipula maladroitement la fiole avec ses mains gantées et parvint finalement à en extraire une petite boule brune qu'il mit dans sa bouche. Il emboîta le pas à Birnam qui avait commencé à gravir une rampe légèrement inclinée. La cloison qui fermait le couloir s'escamota en douceur lorsqu'ils l'eurent atteint et un léger murmure se fit entendre comme l'air du sas s'échappait dans l'atmosphère plus raréfiée de Ganymède. Birnam saisit le coude de son compagnon et l'entraîna au-dehors.

— J'ai ouvert votre arrivée d'air au maximum, cria-t-il. Respirez profondément et continuez à sucer la pilule que je vous ai donnée.

La gravité ganymédienne reprit ses droits dès qu'ils eurent franchi le seuil et Orloff, après un moment horrible d'apparente lévitation, sentit son estomac faire un saut périlleux et exploser. Il eut un haut-le-cœur et retint la pilule avec sa langue en essayant désespérément de reprendre la maîtrise de soi. Le mélange des bouteilles, riche en oxygène, lui brûlait la gorge. Enfin, Ganymède se stabilisa progressivement sous ses pieds. Son estomac reprit sa place après un dernier soubresaut. Il essaya de marcher.

— Allez-y doucement, fit la voix de Birnam, pleine de sollicitude. Ça vous fait toujours le coup, au début, lorsque vous n'êtes pas habitué à passer sans transition d'un champ gravitationnel à un autre. Marchez lentement et prenez le rythme, sinon vous vous retrouverez les quatre fers en l'air. Voilà, vous y êtes.

Le sol paraissait être fait de ressorts. Orloff sentait l'autre qui le retenait par le bras à chacun de ses pas pour l'empêcher de sauter trop haut. Il avait pris le rythme, à présent, et ses enjambées se faisaient plus longues et moins hautes. Birnam continuait à parler, et sa voix parvenait à Orloff un peu assourdie par la courroie en cuir qui était lâchement ramenée sur sa bouche et son menton.

— À chacun son monde, dit-il en souriant. J'ai visité la Terre il y a quelques années, avec ma femme. Un véritable cauchemar. Je ne pouvais pas m'habituer à marcher à la surface de la planète sans masque à oxygène. J'avais toujours l'impression de suffoquer — vraiment ! L'éclat du Soleil était trop fort, le ciel trop bleu, l'herbe trop verte. Et les bâtiments étaient construits à même la surface. Je n'oublierai jamais la fois où ils ont essayé de me faire dormir dans une chambre située au vingtième étage, en plein ciel, avec la Lune qui éclairait la pièce par une fenêtre grande ouverte.

« Je suis revenu par le premier vaisseau qui allait dans ma direction, et j'ai bien l'intention de ne jamais y remettre les pieds. Comment vous sentez-vous, maintenant ? »

— Très bien ! Le mieux du monde !

Maintenant que le premier moment de gêne était passé, Orloff trouvait la faible gravité véritablement grisante. Il regarda autour de lui. Le sol inégal et accidenté, baigné d'une lumière jaune et crue, était couvert de buissons à grandes feuilles qui poussaient à ras de terre dans un alignement ordonné qui dénotait une culture soignée.

Birnam répondit à la question qu'il n'avait pas encore formulée :

— Il y a assez de gaz carbonique dans l'atmosphère pour que les plantes puissent pousser, et elles ont toutes la propriété de fixer l'azote atmosphérique. C'est ça qui fait de l'agriculture la plus importante industrie de Ganymède. Ces plantes valent leur pesant d'or comme engrais, chez vous, sur terre, et nous rapportent deux ou trois fois plus encore comme matière première, unique dans le système, d'où les industries pharmaceutiques extraient une cinquantaine de variétés différentes d'alcaloïdes. Et bien sûr, tout le monde sait que le tabac terrestre n'est que du foin insipide à côté du buis vert ganymédien.

Une strato-fusée passa au-dessus d'eux dans un ululement rendu strident par l'atmosphère raréfiée, et Orloff leva les yeux.

Il s'arrêta — s'arrêta net — et en oublia de respirer !

C'était la première fois qu'il voyait Jupiter dans le ciel.

C'est une chose de voir Jupiter se détacher, froid et dur, contre le noir d'ébène de l'espace. À plus d'un million de kilomètres de distance, il semble déjà assez majestueux. Mais sur Ganymède, au ras des collines, sa silhouette adoucie et rendue très légèrement floue par l'atmosphère raréfiée, brillant d'un éclat velouté dans un ciel pourpre où seules quelques étoiles fugitives osent faire concurrence au géant, il ne saurait être décrit par aucun assemblage de mots.

Tout d'abord, Orloff observa le spectacle qu'offrait le disque convexe, en silence. Il était gigantesque, trente-deux fois le diamètre apparent du Soleil vu de la Terre. Ses zébrures se détachaient, raies de couleurs délavées, contre le jaune de la planète et la grande tache rouge rayonnait, vague ovale orangé près du limbe occidental.

Orloff finit par murmurer d'une voix faible :

— C'est magnifique !

Leo Birnam regardait Jupiter, lui aussi, mais ses yeux n'étaient pas remplis de ce mélange de respect et de crainte qui clouait son compagnon sur place. Ils n'exprimaient que la lassitude machinale que provoque un spectacle qu'on a trop vu, lassitude à laquelle s'ajoutait, en filigrane, une espèce de répulsion écœurée. Sa mentonnière dissimulait son sourire convulsif, mais ses doigts serraient le bras d'Orloff jusqu'à lui meurtrir la peau à travers l'épais matériau de sa combinaison de surface.

Il dit lentement :

— C'est le spectacle le plus horrible de tout le système solaire.

Orloff détacha à contrecœur son attention de Jupiter et la porta sur son compagnon.

— Hein ?

Puis, d'un ton désagréable :

— Ah ! oui, ces mystérieux Jupitériens !...

À ces mots, le Ganymédien se détourna avec colère et s'éloigna en faisant des enjambées de huit mètres. Orloff s'élança, non sans difficulté, à sa poursuite, en risquant à chaque pas de perdre l'équilibre.

— Eh, dites... bredouilla-t-il, à bout de souffle.

Mais Birnam n'écoutait pas. Il parlait d'une voix sourde et amère.

— Vous autres, sur terre, vous pouvez vous permettre d'ignorer Jupiter. Vous ne savez rien de lui. Ce n'est qu'un minuscule point dans votre ciel, un infime grain de poussière. Vous n'habitez pas ici sur Ganymède, vous ; vous ne savez pas ce que c'est que d'être couvé du regard par ce satané colosse. Plus de quinze heures par jour — cachant Dieu sait quoi à sa surface. Cachant quelque chose qui attend, et qui essaie de sortir. Comme une énorme bombe qui attend d'exploser.

— Ridicule ! réussit finalement à éructer Orloff. Est-ce que vous allez ralentir, oui ou non ? Je n'arrive pas à vous suivre.

Birnam réduisit ses enjambées de moitié et dit avec véhémence :

— Tout le monde sait que Jupiter est habité, mais en pratique, personne ne prend vraiment la peine de se demander ce que cela veut dire. Je vous dis que ces Jupitériens sont une race de seigneurs. *Ce sont les maîtres naturels du système solaire.*

— De l'hystérie pure et simple, voilà ce que c'est, marmonna Orloff. Cela fait un an que vous rebattez les oreilles du gouvernement impérial avec vos sornettes.

— Et vous vous êtes contenté de hausser les épaules. Eh bien, écoutez! Jupiter a cent trente mille kilomètres de diamètre, sans compter l'épaisseur de sa colossale atmosphère. Cela veut dire qu'il a une superficie cent fois plus grande que celle de la Terre, et plus de cinquante fois plus grande que celle de tout l'empire terrien. Sa population, ses ressources, son potentiel de guerre sont proportionnels à sa taille.

— Ce ne sont que des chiffres...

— Je sais ce que vous voulez dire, poursuivit passionnément Birnam. Les guerres ne se gagnent pas avec des chiffres, mais grâce à la science et à l'organisation. Les Jupitériens possèdent ces deux atouts. Pendant le quart de siècle au cours duquel nous avons communiqué avec eux, nous avons appris deux ou trois choses sur leur compte. Ils ont maîtrisé l'énergie nucléaire et la radio-communication. Dans un monde d'ammoniaque soumis à une pression énorme, — un monde, en d'autres termes, où aucun métal ne peut exister longtemps en tant que tel en raison de la tendance qu'ont les métaux à former des complexes d'ammoniaque soluble — ils ont réussi ce tour de force d'élaborer une civilisation évoluée. Cela veut dire qu'ils ont dû se rabattre sur les plastiques, les verres, les silicates et des matériaux de construction synthétiques d'un genre ou d'un autre. Et ça, ça implique une industrie chimique au moins aussi développée que la nôtre, et je parierais gros que dans ce domaine, ils sont en avance sur nous.

Orloff attendit un long moment avant de répondre. Puis il finit par dire :

— Mais êtes-vous absolument certains d'avoir bien compris le dernier message des Jupitériens ? Nous autres, sur terre, avons du mal à croire qu'ils puissent être aussi fanatiquement belliqueux que vos rapports le laissent entendre.

Le Ganymédien éclata d'un rire abrupt.

— N'ont-ils pas interrompu toute communication avec nous après ce dernier message ? Ce n'est pas très amical de leur part, n'est-ce pas ? Je puis vous assurer que nous nous sommes mis en quatre pour essayer de rétablir le contact.

« Non, laissez-moi parler. Laissez-moi vous expliquer quelque chose. Pendant vingt-cinq ans, ici, sur Ganymède, une poignée d'hommes s'est épuisée à essayer de décoder une succession de crépitements de tonalité variable captés par nos récepteurs radio, déformés par l'électricité et par la gravité, car ces crépitements étaient le fil ténu qui nous reliait à une intelligence vivant sur Jupiter. C'était le travail d'un monde de chercheurs, or ils n'ont jamais été plus de deux douzaines à la fois à la station. J'ai été l'un d'eux depuis le tout début, et, en tant que philologue, j'ai apporté ma contribution à l'élaboration et à l'interprétation du code qui s'est instauré entre nous et les Jupitériens. Vous voyez donc que je parle vraiment en connaissance de cause.

« Ça a été un travail de longue haleine. Il nous a

fallu cinq ans pour déchiffrer les signaux arithmétiques les plus élémentaires : 3 + 4 = 7, la racine carrée de 25 est 5 ; la factorielle de 6 est 720. Après cela, des mois passaient parfois avant qu'on puisse mettre au point et tester par la communication la moindre unité de pensée.

« Mais — et c'est ce qui nous intéresse — à l'époque où les Jupitériens rompirent leurs relations avec nous, nous les comprenions *parfaitement.* Il n'y avait pas plus de chances pour que nous ayons fait une erreur d'interprétation qu'il n'y avait de chances que Ganymède se soustraie subitement à l'influence de Jupiter. Et leur dernier message contenait une menace et une promesse de destruction. Ça, il n'y a aucun doute possible ! »

Ils traversaient un petit vallon où la lumière jaune de Jupiter avait fait place à une pénombre froide et humide.

Orloff était troublé. On ne lui avait encore jamais présenté l'affaire sous cet angle.

— Mais la raison, mon cher. Quelle raison leur avons-nous donnée...

— Il n'y a pas de raison ! C'est simple : à force d'examiner nos messages, les Jupitériens avaient fini par découvrir — j'ignore au juste comment et à quel moment — que *nous* n'étions *pas* des Jupitériens.

— Eh bien, évidemment !

— Ce n'était pas si évident que cela pour eux. Au cours de leurs expériences ils n'étaient jamais tombés sur des êtres doués de raison qui n'étaient pas Jupitériens. Pourquoi dès lors auraient-ils fait une exception pour ceux qui leur parlaient d'une autre planète ?

— Vous dites que ce sont des scientifiques !

La voix d'Orloff s'était faite froide, circonspecte.

— Comment n'auraient-ils pas pensé que des milieux différents du leur donneraient naissance à des êtres différents d'eux ? Nous le savions bien, nous. Nous n'avons jamais rencontré d'intelligences autres que terriennes, et pourtant il ne nous serait pas venu à l'idée que les Jupitériens pouvaient être des Terriens.

La lumière crue de Jupiter les avait à nouveau happés comme ils sortaient du vallon, et, dans une dépression, à leur droite, une étendue de glace luisait d'un éclat ambré.

— Je vous ai dit que c'étaient des chimistes et des physiciens, fit observer Birnam, mais je n'ai jamais dit que c'étaient des astronomes. Jupiter, mon cher Commissaire, est doté d'une atmosphère épaisse de cinq mille kilomètres, et ces kilomètres de gaz ne laissent passer que l'éclat du Soleil et des quatre plus grandes lunes de Jupiter, à l'exclusion de toute autre planète. Les Jupitériens ne connaissent pas d'autres milieux que le leur.

Orloff considéra la chose un moment.

— Ainsi donc, ils décidèrent que nous étions des êtres différents d'eux. Et après ?

— Si nous n'étions pas des Jupitériens, à leurs yeux, nous n'étions pas des êtres humains. Il apparaît que tout ce qui n'était pas Jupitérien était par définition de la « vermine ».

Birnam coupa court à la protestation spontanée d'Orloff.

— À leurs yeux, disais-je, nous n'étions que de la vermine, et que nous le voulions ou non, c'est ce que nous sommes désormais pour eux. Qui plus est, la vermine que nous étions avait eu, — circonstance aggravante — l'incroyable audace de tenter d'entrer en communication avec des Jupitériens, avec des êtres humains. Leur dernier message disait ceci, mot pour mot : « Les Jupitériens sont les maîtres. Il n'y a pas de place pour la vermine. Nous vous exterminerons incessamment. » Je ne crois pas que ce message ait été empreint de la moindre animosité — il ne s'agissait que de la froide affirmation d'une situation de fait. Mais elle doit êtrc prise au sérieux.

— Mais, pourquoi ?

— Pourquoi l'homme a-t-il exterminé la mouche domestique ?

— Allons donc, vous n'allez pas me dire sérieusement que vous voyez une analogie entre ces deux phénomènes !

— Pourquoi pas, puisqu'il est établi que le Jupitérien nous considère comme une espèce de mouche — une mouche d'autant plus insupportable qu'elle ose aspirer à l'intelligence.

Orloff se raccrocha à un dernier argument :

— Mais enfin, monsieur le Secrétaire, il semble impensable que des êtres doués d'intelligence puissent adopter une attitude pareille.

— Connaissez-vous donc beaucoup d'autres types d'intelligence que le vôtre ? rétorqua l'autre d'une voix sarcastique. Pensez-vous être habilité à émettre des jugements sur la psychologie jupitérienne ? Savez-vous seulement à quoi ressemblent *physiquement* les Jupitériens ? Imaginez un peu ce que doit être leur planète, avec sa gravité deux fois et demie supérieure à celle de la Terre ; avec ses océans d'ammoniaque dans lesquels on pourrait jeter la Terre entière sans même provoquer des remous de taille respectable ; avec son atmosphère de cinq mille kilomètres d'épaisseur comprimée par sa gravité colossale jusqu'à des densités et des pressions en surface à côté desquelles celles qui règnent au fond de vos océans font figure de gaz raréfié. Je vous ai dit que nous avons essayé d'imaginer quelle forme de vie pouvait exister dans de telles conditions, et nous avons dû renoncer à comprendre. Cela dépasse l'entendement. Comment dès lors s'attendre que leur mentalité soit plus compréhensible que le reste ? Ce serait absurde. Acceptez-la telle quelle. Ils ont l'intention de nous exterminer. C'est tout ce que nous savons, et tout ce que nous avons besoin de savoir.

Sur ces mots, il leva une main gantée, l'index tendu devant lui.

— Voilà la station Ether, droit devant nous.

La tête d'Orloff fit un quart de tour.

— Sous terre ?

— Bien sûr. Seul l'observatoire se trouve en surface. C'est le dôme de quartz et d'acier que vous voyez à votre droite, — le plus petit des deux.

Ils s'étaient arrêtés devant deux gros rochers qui flanquaient une sorte de tertre. Apparaissant chacun de derrière un rocher, deux soldats équipés de masque à oxygène et vêtus de l'uniforme orange de l'armée ganymédienne, le doigt sur le contact de leurs désintégrateurs, vinrent à la rencontre des deux hommes.

Birnam présenta son visage à la lumière de Jupiter, et les soldats saluèrent et s'effacèrent devant eux. L'un d'eux aboya un ordre bref dans le micro qu'il portait au poignet, et l'entrée de la station, camouflée entre les deux rochers, bascula pour leur laisser le passage. Orloff s'engouffra à la suite du secrétaire dans le sas béant.

Le Terrien eut une dernière vision fugitive de Jupiter vautré dans le ciel avant que la porte, en se refermant, le coupe entièrement de la surface.

Le spectacle grandiose avait perdu tout son attrait !

Orloff ne se sentit vraiment revenu à la normale que lorsqu'il se fut assis dans le fauteuil trop moelleux qui l'attendait dans le bureau personnel du professeur Edmond Prosser. Avec un soupir de bien-être, il ajusta son monocle dans son orbite.

— Pensez-vous que M. Prosser verrait un inconvénient à ce que je fume en l'attendant ? demanda-t-il.

— Faites, faites, répliqua Birnam avec indifférence. Si je m'écoutais, j'irais de ce pas arracher Prosser à ses chères études, mais c'est un type bizarre. On en tirera davantage si l'on attend qu'il soit prêt à nous recevoir.

Il sortit un cigare de couleur verdâtre de sa

boîte, et en sectionna l'extrémité d'un coup de dent rageur.

Orloff sourit à travers la fumée de sa propre cigarette.

— Cela ne me dérange pas d'attendre. Je n'ai pas dit mon dernier mot. Voyez-vous, monsieur le Secrétaire, vous m'avez fichu la frousse pendant un moment, mais après tout, si l'on admet que les Jupitériens forment à notre endroit de noirs desseins qu'ils se proposent de mettre à exécution lorsqu'ils nous aurons atteints, le fait n'en demeure pas moins — et ici il martela ses mots — qu'ils ne peuvent pas nous atteindre.

— Une bombe sans détonateur, hein ?

— Exactement ! C'est l'évidence même, et cela ne vaut même pas la peine qu'on s'y attarde. Vous admettrez, je suppose, qu'en aucun cas les Jupitériens ne peuvent quitter Jupiter.

— En aucun cas ? répéta lentement Birnam sur un ton de raillerie à peine déguisée. Voyons si cette affirmation résiste à l'analyse, voulez-vous ?

Il fixa intensément la flamme mauve de son cigare.

— C'est un vieux cliché de dire que les Jupitériens ne peuvent pas quitter leur planète. Les fabricants de nouvelles à sensation en ont fait tout un plat sur Terre et sur Ganymède, et on ne s'est pas fait faute de verser une larme émue sur le sort de ces pauvres Jupitériens condamnés à ramper à jamais à la surface de leur planète, sans jamais voir l'univers autrement que du dehors, réduits à regarder, à regarder sans cesse, à se poser des questions, et à ne jamais atteindre l'objet de leur convoitise.

« Mais après tout, qu'est-ce qui retient les Jupitériens chez eux ? Deux facteurs ! c'est tout ! Le premier est l'énorme gravité de Jupiter. Deux fois et demie celle de la Terre. »

Orloff hocha la tête.

— Cela fait beaucoup, acquiesça-t-il.

— Et le potentiel gravitationnel de Jupiter est pire encore, puisque du fait de son grand diamètre, l'intensité de son champ gravitationnel décroît dix fois moins vite avec la distance, que celle de la Terre. C'est un problème terrible — *mais il a été résolu.*

— Hein ?

Orloff s'était brusquement redressé sur son séant.

— Ils ont maîtrisé l'énergie nucléaire. La gravité — même celle de Jupiter — n'est plus un obstacle, une fois que vous avez des noyaux atomiques instables pour alliés.

Orloff écrasa sa cigarette d'un geste nerveux.

— Mais leur atmosphère...

— Oui, c'est ce qui les arrête. Ils vivent au bord d'un océan atmosphérique profond de cinq mille kilomètres, où l'hydrogène qui le compose est comprimé du seul fait de l'attraction de la planète jusqu'à une densité proche de l'hydrogène *solide.* Il reste à l'état gazeux parce que la température sur Jupiter est supérieure à la température critique de l'hydrogène, mais essayez donc de calculer à quelle pression il faut soumettre de l'hydrogène à l'état gazeux pour qu'il pèse moitié moins lourd que l'eau. Vous serez étonné du nombre de zéros qu'il vous faudra aligner.

« Aucun vaisseau spatial en métal ou en quelque matière que ce soit ne peut résister à de telles pressions. Aucun vaisseau terrien ne peut se poser sur Jupiter sans être écrasé comme une coquille d'œuf, et aucun vaisseau jupitérien ne peut quitter Jupiter sans éclater comme une bulle de savon. Ce problème n'a pas été résolu, mais il le sera un jour. Peut-être demain, peut-être pas avant cent ans, voire mille ans. Nous ne le savons pas, mais quand il aura été résolu, les Jupitériens passeront à l'attaque. Et il peut être résolu d'une façon bien précise. »

— Je ne vois pas comment.

— Avec des champs de force ! On commence à les utiliser, maintenant, vous savez.

— Des champs de force !

Orloff semblait sincèrement stupéfait, et il tourna et retourna le mot dans sa tête pendant un moment.

— On les utilise à bord de certains vaisseaux comme écrans antimétéores dans le secteur des astéroïdes... Mais je ne vois pas en quoi ils pourraient s'appliquer au problème jupitérien...

— Le champ de force ordinaire, expliqua Birnam, est une zone raréfiée d'énergie s'étendant dans un rayon de cent cinquante kilomètres ou plus autour du vaisseau. Pour un météorite, c'est un barrage infranchissable, mais pour quelque chose de plus petit, comme une molécule de gaz, par exemple, c'est comme s'il n'existait pas. Seulement, que se passerait-il si l'on prenait cette même zone d'énergie et qu'on la comprime jusqu'à ce qu'elle n'ait plus que deux ou trois millimètres d'épaisseur ? Les molécules rebondiraient dessus comme des balles de ping-pong ! Et si l'on utilisait des générateurs encore plus puissants de façon à comprimer le champ jusqu'à un dixième de millimètre d'épaisseur, même des molécules poussées par l'inimaginable pression atmosphérique de Jupiter rebondiraient dessus sans l'entamer. Et si ensuite on construisait un vaisseau à l'intérieur de ce champ de force...

Il laissa sa phrase en suspens.

Orloff était pâle.

— Vous n'allez tout de même pas me dire que c'est faisable ?

— Je vous parie tout ce que vous voulez que les Jupitériens sont en train d'essayer de le faire. Et nous-mêmes nous essayons de le faire ici, à la station Ether.

Le commissaire aux Affaires coloniales rapprocha sa chaise de Birnam et saisit le poignet du Ganymédien.

— Pourquoi ne pas bombarder Jupiter avec des bombes atomiques ? Y mettre le paquet, je veux dire ! Avec la gravité qu'elle a, et sa superficie, on ne peut pas la rater.

Birnam eut un imperceptible sourire.

— Nous y avons pensé. Mais des bombes atomiques ne feraient que des trous dans son atmosphère. Et quand bien même elles pourraient atteindre la surface, vous n'avez qu'à diviser la superficie de Jupiter par le pouvoir destructeur d'une seule bombe exprimé en kilomètres carrés pour calculer pendant combien d'années il vous faudra bombarder Jupiter, au rythme d'une bombe par minute, avant de causer à l'adversaire des dégâts appréciables. Jupiter est *grand!* Ne l'oubliez pas !

Son cigare s'était éteint, mais il ne s'interrompit pas pour le rallumer. Il poursuivit d'une voix sourde, tendue :

— Non, on ne peut pas attaquer les Jupitériens chez eux. Nous devons attendre qu'ils sortent, et une fois qu'ils seront sortis, ils auront pour eux la supériorité numérique — une supériorité écrasante, terrible —, et c'est pourquoi la seule issue pour nous, c'est de miser à fond sur la supériorité scientifique.

— Mais, interrompit Orloff d'une voix qui trahissait une espèce de fascination horrifiée, comment pouvons-nous savoir à l'avance de quelles armes ils disposeront !

— Nous ne pouvons pas le savoir. Tout ce qu'on peut faire, c'est racler les fonds de tiroir de la recherche scientifique et faire des vœux pour que nous soyons les plus forts. Mais il y a une chose au moins que nous savons à coup sûr qu'ils auront ; ce sont les champs de force. Sans champs de force, ils ne peuvent pas quitter Jupiter. Et s'ils les ont, il faut qu'on les ait aussi. C'est le problème que nous tentons de résoudre ici, à la station Ether. Ils ne nous assureront pas la victoire, mais sans eux, nous irions vers une défaite certaine. Et maintenant vous savez pourquoi nous avons besoin d'argent. Il faut que la Terre elle-même mobilise toutes ses forces. Il faut qu'elle se lance à fond dans une course aux armes scientifiques et qu'elle y subordonne tout le reste. Vous comprenez ?

Orloff s'était levé.

— Birnam, je suis avec vous — à cent pour cent avec vous. Vous pouvez compter sur mon appui quand je serai de retour à Washington.

Sa sincérité ne faisait pas de doute. Birnam saisit la main qu'on lui tendait et la serra. À ce moment précis, la porte s'ouvrit brusquement et un diable de petit homme entra en coup de vent.

Le nouveau venu parlait d'une voix saccadée en s'adressant exclusivement à Birnam.

— D'où sortez-vous ? J'ai essayé de vous contacter. Votre secrétaire m'a dit que vous n'étiez pas là ! Et voilà que cinq minutes plus tard vous rappliquez de vous-même. Je n'y comprends rien.

Il farfouilla furieusement dans son bureau. Birnam sourit.

— Si vous aviez une minute, Professeur, vous pourriez peut-être dire bonjour au commissaire Orloff.

Le professeur Edward Prosser fit volte-face avec la vivacité d'une ballerine, et inspecta le Terrien des pieds à la tête par deux fois.

— Le nouveau, hein ? On va nous les voter, ces crédits ? Serait pas trop tôt ! Depuis le temps qu'on travaille avec des moyens de fortune. Cela dit, il se pourrait bien qu'on n'en ait pas besoin. Ça dépend.

Il avait regagné son bureau. Orloff semblait un tant soit peu déconcerté, mais Birman lui adressa un clin d'œil rassurant, et il se contenta de fixer le petit homme d'un œil inexpressif à travers son monocle.

Prosser se jeta sur un petit livre relié de cuir noir qui se cachait dans les profondeurs d'un casier, se laissa tomber dans son fauteuil orientable, et se mit à aller et venir derrière son bureau en le faisant glisser sur ses roulettes.

— Je suis bien content que vous soyez venu, Birnam, fit-il en parcourant le petit livre. Je voudrais vous montrer quelque chose. Au commissaire Orloff aussi.

— Pourquoi est-ce que vous nous avez fait attendre ? demanda Birnam. Où étiez-vous ?

— J'étais occupé, terriblement occupé. Ça fait trois nuits que je n'ai pas dormi.

Il leva les yeux, et son petit visage ridé rougit presque de satisfaction.

— Tout est devenu très clair d'un seul coup. Comme lorsqu'on ajoute la pièce maîtresse d'un puzzle. Jamais rien vu de pareil. Ça nous a maintenu sur le pied de guerre, ça, je peux vous le garantir.

— Vous avez obtenu les champs de force extra-denses que vous cherchiez ? demanda Orloff en s'animant brusquement.

Prosser parut contrarié.

— Non, pas ça. Autre chose. Venez.

Il jeta un coup d'œil furibond à sa montre et sauta sur ses pieds.

— Nous avons une demi-heure devant nous. Allons-y.

Une voiturette électrique les attendait dehors et Prosser parla avec animation tout en conduisant à vive allure le long des rampes qui menaient vers les profondeurs de la station.

— La théorie ! disait-il. Très important, ça. Donnez un problème à résoudre à un technicien ; il s'y attellera en bricoleur. Perdra un temps fou. N'arrivera à rien. Tâtonnera dans le noir. Un vrai scientifique travaille à partir d'une théorie. Il laisse les maths résoudre ses problèmes.

Il débordait d'autosatisfaction.

La voiturette s'arrêta pile devant une énorme porte à double battant et Prosser en descendit en catastrophe suivi des deux autres à une allure plus mesurée.

— Par ici ! Par ici ! dit-il.

Il poussa la porte et les précéda le long d'un couloir, dans un escalier étroit, et jusque sur une galerie circulaire accrochée au mur, qui faisait le pourtour d'une curieuse salle creusée sur trois niveaux. Orloff reconnut, deux niveaux plus bas, l'ellipsoïde de quartz et d'acier, hérissé de tuyaux, d'un générateur atomique.

Il ajusta son monocle et observa l'activité fébrile qui régnait en contrebas. Un homme, qui avait des écouteurs sur les oreilles, assis sur un tabouret devant une console couverte de cadrans, leva les yeux et fit un signe de la main. Prosser lui rendit son salut et sourit.

— C'est ici que vous créez vos champs de force ? demanda Orloff.

— Exactement ! Vous n'en avez jamais vu ?

— Non !

Le commissaire sourit d'un air chagrin.

— Je ne sais même pas au juste ce que *c'est* qu'un champ de force, à part que ça peut servir d'écran antimétéore.

— C'est très simple, expliqua Prosser. Élémentaire, en vérité. Toute matière est composée d'atomes. Les relations entre atomes sont régies par des forces inter-atomiques. Enlevez les atomes. Laissez les forces inter-atomiques. Vous avez votre champ de force.

Orloff le regarda d'un air un peu ahuri tandis que Birnam était secoué d'un rire profond et silencieux tout en se grattant derrière l'oreille.

— Cette explication me rappelle la méthode que nous avons à Ganymède pour suspendre un œuf dans le vide à mille mètres d'altitude. On procède de la façon suivante : d'abord il faut trouver une montagne qui culmine à mille mètres d'altitude exactement, et sur laquelle on pose l'œuf en question. Ensuite, en laissant l'œuf à sa place, on fait disparaître la montagne. C'est tout.

Le commissaire aux Affaires coloniales s'esclaffa bruyamment, et l'irascible professeur Prosser fit une moue qui se voulait désapprobatrice.

— Allons, allons ! Ce n'est pas une plaisanterie, vous savez. C'est très important, les champs de force. Il faut qu'on soit fin prêts lorsque les Jupitériens attaqueront.

Un ronronnement continu remplit soudain l'espace, et Prosser s'éloigna précipitamment du garde-corps.

— Mettez-vous à l'abri, derrière l'écran, là, bredouilla-t-il. On va expérimenter le champ de vingt millimètres. Il y a des radiations nocives.

Le grondement diminua en intensité jusqu'à disparaître presque complètement, et le trio regagna son poste d'observation sur la galerie. Apparemment, rien n'avait changé, mais Prosser tendit la main au-dessus du garde-corps et dit :

— Sentez !

Orloff tendit un doigt prudent, eut un haut-le-corps, et fit le geste de frapper avec la paume de sa main. Il avait l'impression d'appuyer sur du caoutchouc mousse très moelleux, ou sur un coussinet fait de petits ressorts en acier extrêmement élastiques.

Birnam essaya, lui aussi.

— C'est de loin le meilleur résultat que nous ayons obtenu jusqu'ici, n'est-ce pas ?

Puis, en se tournant vers Orloff :

— Un écran de vingt millimètres est un écran qui peut résister à une pression atmosphérique de vingt millimètres de mercure contre le vide sans qu'il y ait de fuite digne de ce nom.

Le commissaire hocha la tête.

— Je vois ! Il faudrait donc un écran de sept cent

soixante millimètres pour retenir l'atmosphère terrestre.

— Oui ! Ce serait un écran d'une unité atmosphérique. Alors, Prosser, c'est ça qui vous a tellement emballé ?

— Cet écran de vingt millimètres ? Bien sûr que non. Je peux aller jusqu'à deux cent cinquante millimètres en utilisant le pentasulphide de vanadium activé dans la fission du praseodymium. Mais ce n'est pas nécessaire. Un technicien essaierait et ferait sauter la baraque. Le scientifique, lui, se fonde sur la théorie et prend son temps.

Il cligna de l'œil.

— Nous durcissons le champ à présent ! Regardez !

— Faut-il qu'on se mette derrière l'écran ?

— Pas la peine. Les radiations ne sont dangereuses qu'au début.

Le ronronnement monta d'un ton, sans toutefois atteindre son intensité initiale. Prosser cria quelque chose à l'adresse de l'homme qui opérait au pupitre de commande, et l'autre fit un grand geste circulaire de la main en guise de réponse.

Puis il agita son poing fermé et Prosser cria :

— On a dépassé les cinquante millimètres. Sentez le champ !

Orloff tendit la main et le palpa avec curiosité. Le caoutchouc avait durci ! Il essaya de le pincer entre le pouce et l'index tant l'illusion était parfaite, mais le « caoutchouc » disparaissait comme par enchantement et ses doigts ne rencontraient aucune résistance.

Prosser émit un ts-ts impatient.

— Un champ n'offre aucune résistance aux forces exercées à angle droit. C'est une question de mécanique élémentaire.

L'opérateur lui faisait de nouveau signe.

— On vient de dépasser les soixante-dix millimètres, expliqua Prosser. Nous allons ralentir, maintenant. Le seuil critique se situe à 83,42.

Il se pencha par-dessus le garde-corps et obligea les autres à reculer en se servant de ses pieds.

— Écartez-vous ! C'est dangereux.

Puis il cria :

— Attention, le générateur s'emballe !

Le ronronnement s'était transformé en un grondement fracassant, et l'opérateur s'escrimait frénétiquement sur ses boutons. Dans le cœur de quartz du générateur atomique central, la lueur rougeoyante des atomes en fission s'était intensifiée de façon inquiétante.

Le grondement s'arrêta net, il y eut une déflagration fracassante, suivie d'un souffle qui projeta violemment Orloff contre le mur.

En un instant Prosser fut à ses côtés. Il avait une plaie à l'arcade sourcilière.

— Blessé ? Non ? Très bien ! Très bien ! Je m'attendais à quelque chose dans ce genre. J'aurais dû vous prévenir. Descendons. Ou est Birnam ?

Le grand Ganymédien s'était relevé et époussetait ses vêtements.

— Je suis là. Qu'est-ce qui a sauté ?

— Rien n'a sauté ! C'est quelque chose qui a cédé. Allez, venez. On descend.

Il s'engagea dans l'escalier qui menait aux niveaux inférieurs tout en se tamponnant le front avec un mouchoir, et les deux autres lui emboîtèrent le pas.

L'opérateur ôta ses écouteurs en le voyant approcher et descendit de son tabouret. Il avait l'air las, et des gouttelettes de sueur perlaient sur son visage couvert de traînées noires.

— J'ai commencé à perdre le contrôle à 82,8, patron. Pour un peu, j'y serais resté.

— Vraiment ? grogna Prosser. C'est dans les limites de l'écart type, au moins. Et le générateur ? Eh, Stoddard !

Le technicien qu'il interpellait répondit de son poste près du générateur :

— Le tube n° 5 est grillé. Ça prendra deux jours pour le remplacer.

Prosser se tourna vers les deux autres et dit d'un air satisfait :

— Ça a marché. Exactement comme prévu. Notre problème est résolu, Messieurs. Plus besoin de s'en faire. Regagnons mon bureau. Je veux manger un morceau. Et ensuite, je veux aller dormir.

Il ne consentit à s'expliquer qu'une fois assis derrière son bureau, entre deux énormes bouchées d'un sandwich au foie de veau et aux oignons.

— Vous souvenez-vous des recherches sur le seuil de résistance spatiale que nous avons entreprises en juin dernier ? dit-il en se tournant vers Birnam. Ça n'avait rien donné, mais on a continué à chercher. Finch a trouvé une piste la semaine dernière et je l'ai suivie. Tout est devenu parfaitement clair. Un vrai régal. Jamais rien vu de pareil.

— Nous vous écoutons, dit Birnam.

Il connaissait suffisamment Prosser pour savoir qu'il valait mieux éviter de le brusquer.

— Vous avez vu ce qui est arrivé. Quand un champ dépasse les 83,42 mm, il devient instable. L'espace atteint son point de rupture. Il cède et le champ saute. *Boum !*

Birnam le regardait, bouche bée, et les bras du fauteuil d'Orloff grincèrent sous le poids de son occupant. Il y eut un silence, puis Birnam dit d'une voix incertaine :

— Vous voulez dire qu'il est impossible de créer des champs de force plus puissants ?

— C'est possible. On peut les créer. Mais plus ils sont denses, plus ils sont instables. Si j'avais expérimenté le champ de deux cent cinquante millimètres, il n'aurait duré qu'un dixième de seconde. Ensuite, salut la compagnie ! J'aurais fait sauter la station ! Et moi avec ! Un technicien l'aurait fait. Le scientifique, lui, prévoit ce genre de choses grâce à la théorie. Il avance par petites étapes, comme je l'ai fait. Comme ça il n'y a pas de dégâts.

Orloff glissa son monocle dans la poche de son gilet et dit d'une voix mal assurée :

— Mais si un champ de force est composé de forces inter-atomiques, comment se fait-il que l'acier ait une force de cohésion inter-atomique aussi puissante sans amener l'espace à son point de rupture ? Il y a un os, là.

Prosser le regarda avec agacement.

— Il n'y a pas d'os. La force critique dépend du nombre de générateurs. Dans l'acier, chaque atome est un générateur de champ de force. Cela veut dire qu'il y a à peu près dix milliards de trillions de générateurs par gramme de matière. Si nous pouvions en utiliser autant... En l'état actuel des choses, cent générateurs semblent constituer, en pratique, une limite. Cela ne porte jamais le seuil critique qu'aux alentours de 97 millimètres.

Il se leva et poursuivit avec une soudaine ferveur :

— Non. Le problème est réglé, vous pouvez me croire. Il est absolument impossible de créer un champ de force capable de retenir l'atmosphère terrestre pendant plus d'un centième de seconde. Quant à l'atmosphère jupitérienne, c'est hors de question. Ce n'est pas moi qui le dis, ce sont les chiffres, confirmés par l'expérimentation. *L'espace n'y résisterait pas !*

« Les Jupitériens pourront se mettre en quatre, rien n'y fera. Ils ne peuvent pas quitter leur planète. Voilà qui est définitif. *Dé-fi-ni-tif !* »

Orloff intervint.

— Monsieur le Secrétaire, y a-t-il un endroit quelque part dans la station d'où je puisse envoyer un astro-télégramme ? Je veux avertir la Terre que je rentre par le prochain vaisseau et que le problème jupitérien est réglé — une fois pour toutes.

Birnam ne dit rien, mais son visage, d'ordinaire rude et sévère, était complètement transfiguré par le soulagement tandis qu'il serrait la main du commissaire aux Affaires coloniales.

Et le professeur Prosser répéta en soulignant ses mots d'un brusque mouvement de la tête :

— Dé-fi-ni-tif !

Hal Tuttle leva les yeux lorsque le capitaine Everett, commandant le vaisseau spatial *Le Transparent*, le dernier-né des appareils de la Cosmic Space Lines, entra dans son poste d'observation, à l'avant du vaisseau.

— Je viens de recevoir un astro-télégramme du siège de la société, à Tucson. Nous devons passer prendre M. Orloff, le commissaire aux Affaires coloniales, à Jovopolis, sur Ganymède, et le ramener sur terre.

— Bien. Nous n'avons pas détecté d'autres vaisseaux, j'espère ?

— Non, non ! Nous sommes loin des couloirs spatiaux empruntés par les lignes régulières. *Le Transparent* fera sa première apparition publique dans le système lors de son atterrissage sur Ganymède. Ce sera l'événement le plus sensationnel de toute l'histoire des voyages interplanétaires depuis que l'homme a foulé pour la première fois le sol de la Lune.

Une soudaine sollicitude adoucit quelque peu sa voix :

— Qu'est-ce qui ne va pas, Hal ? Après tout, c'est un grand jour pour toi.

Hal Tuttle leva les yeux et son regard se perdit dans l'obscurité de l'espace.

— Oui, tu as sans doute raison, Sam. C'est le couronnement de dix années de travail acharné. J'ai perdu un bras et un œil lors de cette première explosion, mais je ne le regrette pas. Je subis le contrecoup de tout ça, voilà tout. Le problème est résolu ; c'est en quelque sorte ma raison d'être qui disparaît.

— Et avec elle disparaîtront à brève échéance tous les vaisseaux à carénage métallique du système.

Tuttle sourit.

— Oui. C'est difficile à imaginer, n'est-ce pas ?

Il désigna de la main l'immensité de l'espace.

— Tu vois ces étoiles ? La moitié du temps, il n'y a rien entre elles et nous. Ça me fait une drôle d'impression quand j'y pense.

Sa voix se fit rêveuse.

— Pendant neuf ans j'ai travaillé sans gagner un pouce de terrain. Je n'étais pas un théoricien et je ne savais même pas au juste ce que je cherchais. J'en étais réduit à tout essayer. Un jour, j'ai poussé mes expériences un peu trop loin et l'espace n'a pas résisté. Ça m'a coûté un bras et un œil, mais je suis reparti sur de nouvelles bases.

Le capitaine Everett leva la main et en frappa la coque du vaisseau — la coque à travers laquelle on pouvait voir scintiller les étoiles. Il y eut le bruit mat de la chair frappant une surface dure — mais aucun son ne provint de la paroi invisible.

Tuttle hocha la tête.

— Pour être solide, elle est solide, maintenant — bien qu'elle apparaisse et disparaisse 800 000 fois par seconde. C'est la lampe stroboscopique qui m'a donné cette idée. Tu sais, elles s'allument et s'éteignent à un rythme si rapide qu'elles donnent l'impression de rester allumées. Cette coque fonctionne sur le même principe. Elle n'existe pas assez longtemps pour entamer la résistance de l'espace, mais trop longtemps pour laisser s'échapper l'atmosphère qu'elle renferme. Conséquence : une solidité infiniment supérieure à celle de l'acier.

Il fit une pause et ajouta lentement :

— Et ça ouvre des possibilités quasi illimitées. Il suffit d'accélérer l'effet d'intermittence. Faire clignoter le champ de force un million de fois — un milliard de fois par seconde. On peut obtenir des champs capables de résister à une explosion atomique. Le but de ma vie !

Le capitaine Everett lui donna une claque affectueuse dans le dos.

— Allez, ne fais pas cette tête, mon vieux. Pense à l'atterrissage sur Ganymède. Tu te rends compte de la publicité que ça va te faire. Imagine un peu la tête d'Orloff lorsqu'il découvrira qu'il est le premier passager de l'histoire à voyager dans un vaisseau spatial dont la coque a été remplacée par un champ de force ! Tu vois d'ici sa réaction ?

Hal Tuttle haussa les épaules.

— J'imagine que ça lui fera plutôt plaisir.

Avec *Non définitif!* s'achevaient les trois premières années de ma carrière d'écrivain — trois années s'étaient écoulées depuis ma première visite chez Campbell. Mes gains se montaient alors à un peu moins de 1 000 dollars. (Ce n'était pas si mal que ça à une époque où une année d'enseignement dans une université coûtait à peu près 400 dollars) et j'avais réussi à mettre à peu près le quart de cette somme sur mon compte d'épargne.

Malgré tout, cette situation financière n'avait rien, comme vous pouvez le constater, qui pût me prêter à penser qu'il était possible de gagner sa vie grâce à sa plume — d'autant plus que l'idée que j'aurais pu écrire pour autre chose que des revues de science-fiction ne m'avait jamais effleuré.

Le 10 juin 1941, au cours d'une conversation avec Fred Pohl, je fis état de la déception que j'éprouvais de ne pas pouvoir publier une de mes nouvelles dans *Unknown*. Fred me dit qu'il avait une bonne idée de récit fantastique, et de là à conclure un marché et à nous mettre d'accord pour partager les bénéfices, il n'y avait qu'un pas. Il fut entendu que nous discuterions de son idée, que je l'écrirais, et que si elle était publiée, nous toucherions chacun 50 % du prix de la vente.

Sans doute Fred avait-il accepté ce compromis parce que, comme je l'appris trois jours plus tard, ses revues ne remportaient qu'un succès très limité et qu'il était sur le point d'être démis de ses fonctions de directeur littéraire.

Pour lui, c'était un coup dur, bien sûr, mais pas

une catastrophe irrémédiable. Pohl avait près de deux précieuses années d'expérience dans ce domaine, et le jour allait venir où cette expérience lui serait d'un grand secours, lorsqu'il occuperait le poste beaucoup plus important et plus stable de directeur littéraire de *Galaxy*, qui dans les années 50 et 60 allait disputer à *Astounding* la première place sur le marché de la revue de science-fiction.

Quant à moi, je n'avais pas à me plaindre. Pohl avait accepté huit de mes nouvelles (plus du quart de toutes celles que j'avais écrites, et presque la moitié de celles qui avaient été acceptées à ce jour). Six de ces dernières avaient déjà été publiées et l'une d'elles (*Super-Neutron*) était prévue au sommaire du prochain numéro de *Astonishing*. Restait la neuvième, *Noël sur Ganymède*. Elle ne m'avait pas encore été payée, n'avait même pas encore été donnée à la typo, et Pohl, malheureusement, dut me la rendre. Je réussis toutefois à la faire accepter par *Thrilling Wonder Stories*, moins de deux semaines plus tard, et à des conditions sensiblement plus intéressantes que celles que Pohl aurait pu me proposer. Donc, de ce côté-là, pas de problème — et malgré les regrets que j'éprouvais à perdre un marché potentiel, Pohl avait rempli son office au cours de la période pendant laquelle j'avais évolué d'une façon qui me permettait désormais de prétendre publier la presque totalité de mes nouvelles chez Campbell, dans *Astounding*.

Quand on me renvoya *Noël sur Ganymède*, je pensai tout d'abord que c'était parce que les revues de Pohl allaient cesser de paraître. Si telle avait été l'intention des éditeurs, ils changèrent d'avis. *Astonishing* continua à paraître pendant deux ans, jusqu'à ce que la pénurie de papier provoquée par la guerre lui porte un coup fatal. *Super Science Stories* survécut à la Seconde Guerre mondiale et même de peu, aux années 40, et devait encore publier une de mes nouvelles.

Mais revenons au 10 juin 1941. M'inspirant de l'idée de Fred, j'écrivis — sans la moindre aide de sa part — un récit que j'intitulai *Legal Rights*. Cette collaboration se solda comme les précédentes par un échec. Le 8 juillet, Campbell la refusa — c'était la première fois depuis six mois qu'il refusait un de mes récits.

À cette époque, cependant, Pohl avait repris son ancien métier d'agent littéraire. Je lui donnai la nouvelle — pas trop fier de moi — et n'y pensai plus. Il la rebaptisa *Legal Rites* (ce qui était nettement mieux) et la remania considérablement. Sept ans plus tard, il réussit, contre toute attente, à la faire publier.

Bon sang ne saurait mentir

I

Le ciel était déjà criblé d'étoiles bien que le soleil vînt juste de se coucher, et à l'ouest, la sierra Nevada se découpait sur un horizon aux reflets d'or et de sang.

— Eh ! vociféra Russell Harley. Revenez !

Mais le moteur fatigué de la vieille Ford faisait un tel tintamarre que le conducteur ne l'entendit pas. Harley laissa échapper un chapelet de jurons en regardant la vieille voiture s'éloigner à toute allure, ses pneus à moitié dégonflés tressautant sur les ornières du chemin sablonneux. Ses feux arrière le narguaient, et semblaient lui dire un « Non » rouge et sans appel. Non, tu ne peux pas t'en aller ce soir, non, tu dois rester là et te débrouiller tout seul.

Harley émit un grognement et escalada les marches du perron de la vieille maison en bois. Du moins avait-elle été construite avec un certain souci de longévité. Les escaliers, quoique datant d'un demi-siècle, ne laissaient apparaître aucune fissure et ne grincèrent pas sous son poids.

Harley ramassa les sacs de voyage en similicuir fatigué qu'il avait laissé tomber quand il avait brusquement changé d'avis, et pénétra dans la maison. Une fois à l'intérieur, il laissa choir ses bagages sur le divan poussiéreux et regarda autour de lui.

La chaleur était étouffante et l'odeur du désert avait filtré jusque dans la pièce. Harley éternua.

— De l'eau, dit-il à haute voix. Voilà ce qu'il me faut.

Il passa en revue toutes les pièces du rez-de-chaussée avant de s'arrêter net et de se frapper le front. Il ne pouvait évidemment pas y avoir l'eau courante dans ce trou perdu en plein désert, à douze kilomètres de la localité la plus proche ! Tout ce qu'il pouvait espérer trouver, c'était un puits.

Et encore.

La nuit tombait rapidement.

Pas d'électricité non plus, bien sûr. Il se fraya un chemin en maugréant à travers les pièces sombres, jusqu'à l'arrière de la maison. La contre-porte en grillage laissa échapper un gémissement métallique lorsqu'il l'ouvrit. Un seau était accroché à un clou près de la porte. Il le décrocha, le retourna, et le secoua pour en faire tomber le sable qui s'y était accumulé. Il embrassa du regard ce qu'il pouvait voir de son « arrière-cour » — quinze mille hectares de dunes de sable, de cailloux, de touffes d'armoise et d'ocotillos en fleur.

De puits, point.

Le vieux fou devait bien trouver de l'eau quelque part, se dit-il rageusement. S'entêtant, il descendit les quelques marches qui se trouvaient devant la porte et s'éloigna dans le désert. Dans le ciel, les étoiles brillaient d'un éclat presque aveuglant — il y en avait des millions, mais le soleil était couché depuis quelque temps déjà, et il y voyait à peine. Un silence de mort, troublé seulement par le léger murmure d'une brise sur le sable et le bruissement de ses pas, régnait sur le désert.

Il aperçut une lueur provenant de la touffe de sauge la plus proche, et s'en approcha pour trouver une petite mare coincée entre deux énormes rochers. Il la contempla avec une moue sceptique, puis haussa les épaules. Après tout, c'était de l'eau. Toujours mieux que rien. Il trempa le seau dans l'eau peu profonde de la mare. Comme il n'entendait rien à ce genre de choses, il le remplit au quart de sable en en raclant le fond. Lorsqu'il porta le seau, plein à ras bord, jusqu'à ses lèvres pour y boire, il recracha la première gorgée et laissa échapper un juron.

Puis il réfléchit. Il reposa le seau, attendit quelques instants que le sable se dépose au fond, prit un peu d'eau dans le creux de ses mains, la porta à ses lèvres...

Splatch. PCHHH. Splatch. PCHHH... Splatch. PCHHH...

— Qu'est-ce que ?...

Harley se leva et regarda au tour de lui, médusé. On aurait dit le bruit de gouttes d'eau tombant sur un four brûlant, et s'évaporant aussitôt. Il ne voyait rien, seulement le sable, les touffes de sauge, et la mare d'eau tiède et fade.

Splatch. PCHHH...

C'est alors qu'il les vit, et les yeux lui sortirent presque de la tête. Des gouttes d'un liquide noir et poisseux, plus épais que l'eau, tombaient de nulle part, une à une, avec une lenteur qui semblait défier les lois de la pesanteur. Et en touchant le sol, chaque goutte éclatait en petites gouttelettes qui grésillaient brièvement avant de disparaître. La « chose » était à deux mètres cinquante de lui environ, tout juste discernable à la lumière des étoiles. C'est alors que la voix qui venait de nulle part s'éleva dans la nuit :

— Ces terres m'appartiennent. Fiche le camp de chez moi !

Harley ne se le fit pas dire deux fois. Lorsqu'il arriva à Rebel Butte trois heures plus tard, c'est à peine s'il arrivait à mettre un pied devant l'autre, et il regrettait amèrement de ne pas avoir pris le temps de boire une bonne gorgée de plus — dussent tous les démons de l'enfer apparaître devant lui. Il se souvint avec un frisson rétrospectif comment l'air limpide du désert s'était matérialisé, formant autour de l'incroyable suintement une silhouette lactescente qui s'était avancée, menaçante, sur lui.

Et lorsqu'il atteignit le premier saloon éclairé au kérosène de Rebel Butte et qu'il y pénétra en titubant, la façon dont le patron fixa, comme fasciné, le devant de sa veste élimée, lui donna la certitude qu'il n'avait pas été victime d'une crise subite de folie, et que l'air frais du désert ne lui était pas monté à la tête. Il en avait sur tout le devant du corps, et plus il frottait, plus ça devenait poisseux. Du sang !

— Whisky ! dit-il d'une voix étranglée en se dirigeant vers le bar d'un pas chancelant.

Il sortit de sa poche un billet d'un dollar en piteux état et le posa d'un geste sec sur l'acajou du bar.

Au fond de la salle, la partie de blackjack s'était arrêtée. Harley sentait les yeux des joueurs, du barman et du grand homme maigre qui était accoudé au bar, rivés sur lui. Tous le regardaient.

Ce fut le barman qui rompit le charme. Il saisit une bouteille derrière lui sans la regarder et la mit sur le comptoir devant Harley. Puis il prit une carafe, remplit un verre d'eau, et le plaça avec un verre à liqueur à côté de la bouteille.

— J'aurais pu vous prévenir de ce qui allait arriver, dit-il d'un air détaché. Seulement vous m'auriez pas écouté. Y fallait que vous le voyiez de vos propres yeux pour le croire.

Harley se souvint qu'il avait soif et vida son verre d'eau d'un trait, puis se versa une mesure de whisky et l'avala sans attendre qu'on lui remplisse son verre d'eau. Le whisky lui fit du bien, presque assez de bien pour calmer les frissons qui lui parcouraient le corps.

— Qu'est-ce que vous racontez ? finit-il par demander.

Il se détourna et se pencha en avant en se serrant contre le comptoir pour dissimuler partiellement les taches qui maculaient sa veste. Le barman éclata de rire.

— Ce vieux Hank, dit-il. J'ai tout de suite su qui vous étiez, avant même que Tom revienne me dire où il vous avait déposé. Je savais que vous étiez ce bon à rien de neveu de Zeb Harley et que vous étiez venu prendre possession de Harley Hall pour le vendre avant que le corps de ce pauvre Zeb soit refroidi dans sa tombe.

Harley s'aperçut que les joueurs de blackjack le dévisageaient encore. Seul le grand maigre qui était accoudé au comptoir semblait s'être désintéressé de lui. Il se reversait à boire et semblait très absorbé par ce qu'il faisait.

Harley rougit.

— Écoutez, fit-il, je n'ai que faire de vos conseils. Je suis venu ici pour boire un whisky, et j'ai de quoi le payer. Alors mêlez-vous de ce qui vous regarde.

Le tenancier haussa les épaules. Il tourna les talons et s'éloigna en direction de la table de blackjack. Au bout de quelques secondes, l'un des joueurs se détourna, lui aussi, et abattit une carte. Les autres ne tardèrent pas à l'imiter.

Harley s'apprêtait à mettre son orgueil dans sa poche et à rappeler le tenancier — il semblait savoir quelque chose au sujet de son incroyable aventure, et pourrait lui être de quelque secours, lorsque le grand maigre lui donna une petite tape sur l'épaule. Harley fit volte-face et en laissa presque tomber son verre de saisissement. Absorbé dans ses pensées et nerveux comme il l'était, il ne l'avait pas vu s'approcher.

— Jeune homme, dit l'inconnu, je m'appelle Nicholls. Voulez-vous venir avec moi ? Nous pourrons parler en toute tranquillité de cette affaire. Je crois que nous pouvons nous rendre mutuellement service.

Même la douze cylindres de Nicholls bringuebalait comme une vieille carriole sur les ornières du chemin qui menait à la maison que le vieux Zeb avait surnommée un peu pompeusement, mais non sans humour, Harley Hall.

Russell Harley se retourna pour examiner l'amas d'objets hétéroclites qui encombraient le siège arrière de la voiture.

— Tout cela ne me dit rien qui vaille, fit-il remarquer d'une voix plaintive. C'est bien la première fois de ma vie que je rencontre un fantôme. Comment savez-vous que tous ces trucs marcheront ?

Nicholls sourit.

— Il vous faudra me croire sur parole, voilà tout. J'ai déjà eu maille à partir avec des fantômes. Disons que, si je voulais, je pourrais me prévaloir du titre de « chasseur de fantômes ».

— Il n'empêche que tout cela ne me dit rien qui vaille, répéta Harley.

Nicholls se tourna vivement vers lui.

— Et la perspective de posséder Harley Hall, ça vous dit, ça, non ? Et l'idée de dénicher le magot que feu votre oncle est censé avoir caché quelque part aussi ?

Harley haussa les épaules.

— Bien sûr que ça vous dit, poursuivit Nicholls. Et à juste titre. S'il faut en croire les bruits qui courent, il s'agirait d'une somme assez rondelette, jeune homme.

— Et c'est ce qui explique votre présence ce soir à mes côtés, je suppose, dit Harley d'un air désabusé. Je trouve l'argent — qui de toute façon m'appartient de droit — et je vous en donne une partie en échange de vos services. Combien ?

— Nous parlerons de cela plus tard, dit Nicholls.

Il sourit distraitement sans quitter la route des yeux.

— Nous parlerons de cela tout de suite !

Le sourire disparut du visage de Nicholls.

— Non, fit-il, nous n'en ferons rien. Je suis en train de vous rendre service, jeune homme. Ne l'oubliez pas. En échange, vous ferez tout ce que je vous dirai — sans discuter.

Harley rumina la chose quelque temps, et plus il y pensait, plus il la trouvait difficile à avaler. Il attendit quelques secondes avant de changer de sujet.

— Je suis venu ici une fois, du temps où le vieux était encore en vie, et il ne m'a jamais parlé de fantôme.

— Peut-être a-t-il pensé que vous le trouveriez un peu — euh — bizarre, dit Nicholls. Ce en quoi il n'avait peut-être pas tout à fait tort. Quand lui avez-vous rendu visite ?

— Oh ! il y a longtemps ! répondit Harley évasivement. Mais je suis resté toute une journée et une partie de la nuit. Le vieux était complètement timbré, mais il ne logeait pas de fantômes dans son grenier.

— Ce fantôme était un ami à lui, dit Nicholls. Le monsieur qui s'occupait du saloon a dû vous le dire, sans doute. Feu votre oncle était ce qu'on peut appeler un solitaire. Il vivait dans cette maison à vingt kilomètres d'un trou perdu, ne se rendait pratiquement jamais en ville, et ne se liait d'amitié avec personne. Mais ce n'était pas à proprement parler un ermite. Il avait Hank pour lui tenir compagnie.

— Charmante compagnie.

Nicholls pencha la tête, l'air sérieux.

— Oh ! pour ça, je ne sais pas ! dit-il. S'il faut en croire les bruits qui courent, ils s'entendaient bien. Ils jouaient au bézigue et aux échecs — Hank, paraît-il, était un excellent joueur de bézigue. C'est comme ça qu'il a trouvé la mort, d'après la rumeur locale. Il a surpris un adversaire qui trichait et ils se sont expliqués à coups de revolver. C'est lui qui a perdu. Une balle lui a traversé la gorge, et il est mort dans une mare de sang.

Il tourna le volant en y mettant tout son poids, parvint à arracher la lourde voiture aux ornières de la « route », et la dirigea, cahotant sur le sol vierge, vers la vieille maison en bois.

— C'est cela, acheva-t-il en arrêtant la voiture devant le porche, qui explique tout ce sang qui accompagne chacune de ses apparitions.

Harley ouvrit lentement la portière et descendit. Il examina la bâtisse délabrée avec méfiance.

Nicholls coupa le contact, descendit à son tour, et se dirigea immédiatement vers l'arrière de la voiture.

— Allez, allez, fit-il en commençant à extraire divers objets du compartiment arrière. Donnez-moi un coup de main. Je ne vais pas porter ça tout seul.

Harley s'approcha de mauvaise grâce, et examina sans enthousiasme l'étrange assortiment de fagots desséchés, de morceaux de corde de différentes couleurs, de craies, d'immondes petits bouquets d'herbes séchées, d'ossements blanchis de petits mammifères et de deux ou trois choses moins plaisantes encore.

Splatch. PCHHH. Splatch. PCHHH...

— Il est là ! glapit Harley. Écoutez ! Il est tout près, à nous écouter !

— Ha !

Le rire qui avait fusé était profond, désagréable, et... désincarné. Harley chercha désespérément des yeux le suintement de sang caractéristique. Il finit par le trouver, exsudant de l'air, à quelques pas de la voiture, tombant avec infiniment de lenteur et de grâce avant de grésiller brièvement sur le sol et de disparaître.

— Pour ce qui est de vous surveiller, je vous surveille dit la voix d'un ton menaçant. Russel, espèce de vaurien corrompu, je n'ai pas plus de sympathie pour toi que tu n'en avais jadis pour moi. Mort ou vif, je suis ici chez moi ! J'ai partagé cette maison avec ton oncle, espèce de chenapan, mais je ne la partagerai pas avec toi. Tire-toi d'ici, et plus vite que ça !

Harley sentit ses jambes se dérober sous lui ; il se dirigea en titubant vers le pare-chocs arrière de la voiture, et s'assit lourdement dessus.

— Nicholls... murmura-t-il d'une voix éteinte.

— Allons, du nerf, que diable ! fit Nicholls d'une voix irritée.

Il lui lança une pelote de ficelle d'un rouge et d'un jaune criards, et munie, à intervalles réguliers, de nœuds étranges et compliqués. Puis il se tourna vers le suintement de sang et se livra devant lui à quelques rapides passes magnétiques. Harley vit remuer ses lèvres, mais aucun son n'en sortit.

Il y eut un hoquet de surprise et comme un cri étouffé en provenance de la source de l'hémorragie. Nicholls frappa sèchement dans ses mains, puis se tourna de nouveau vers le jeune Harley.

— Prenez cette corde que je vous ai donnée et entourez-en la maison. Il faut qu'elle en fasse le tour complet, et prenez bien garde à la faire passer à mi-hauteur des portes et des fenêtres. Ce n'est pas vraiment d'une efficacité à toute épreuve, mais ce n'est qu'une mesure provisoire, et ça fera l'affaire en attendant mieux.

Harley hocha la tête et désigna du doigt les gouttes de sang qui grésillaient et bouillonnaient plus furieusement qu'auparavant.

— Et ça ? parvint-il finalement à articuler.

Nicholls eut un sourire suffisant.

— Je vais le retenir ici un bon bout de temps. Allez, remuez-vous un peu !

Harley aspira par mégarde une bouffée de l'âcre fumée blanche et toussa jusqu'à ce que des larmes lui vinssent aux yeux. Lorsqu'il se fut remis, il regarda Nicholls qui lisait en silence un livre aux pages cornées, relié de cuir vert.

— Je peux arrêter de remuer, maintenant ? demanda-t-il.

Nicholls fit une grimace irritée et secoua la tête sans lever les yeux. Il continua à lire, prononçant à voix basse des syllabes qui n'appartenaient à aucune langue connue de Harley, puis finit par fermer le livre d'un geste brusque et s'essuya le front.

— Parfait, dit-il. Jusqu'à présent, pas de problème.

Il s'approcha de la cheminée et, évitant soigneusement les volutes de fumée qu'elle dégageait, inspecta prudemment la mixture qui bouillait dans la marmite posée sur le feu et que Harley touillait depuis quelque temps déjà.

— Ça doit être prêt, maintenant, dit-il. Retirez-le du feu et laissez-le refroidir quelques minutes.

Harley souleva la marmite et la posa à côté de l'âtre, puis massa son biceps endolori avec sa main gauche. Le mélange avait l'aspect et la consistance d'une bouillie verdâtre assez peu appétissante.

— Et maintenant, qu'est-ce qu'on en fait ? demanda-t-il.

Nicholls ne répondit pas. Il leva les yeux, à peine

surpris, en entendant le cri de victoire qui retentit soudainement au-dehors, suivi du mugissement d'un vent glacial.

— Hank doit être de nouveau libre, dit-il d'une voix détachée. Je ne pense pas qu'il puisse nous causer des ennuis sérieux, mais il vaudrait mieux ne pas perdre de temps.

Il farfouilla dans l'amas d'objets hétéroclites qu'il avait apportés de la voiture, et en extirpa un pinceau.

— Prenez la marmite et badigeonnez-moi le pourtour de toutes les portes et de toutes les fenêtres, à l'exception de la porte d'entrée. J'ai autre chose pour l'entrée.

Il montra ce qui semblait être l'essieu avant d'une Ford modèle T.

— Vous laisserez ça sur le seuil. Du métal froid. Vous n'aurez qu'à l'enjamber pour passer, mais pour Hank ce sera un obstacle infranchissable. Ça a déjà été traité suivant les règles de la meilleure thaumaturgie.

— L'enjamber pour passer, répéta Harley. Pour quelle raison voudrais-je donc l'enjamber ? *Il* est dehors.

— Il ne vous fera rien, dit Nicholls. Vous porterez une amulette — celle-là, là — qui le maintiendra à distance respectable. Il ne pourrait sans doute pas vous faire grand mal même s'il le voulait, étant donné que ce n'est qu'un fantôme de troisième catégorie dont les incarnations n'atteignent jamais un degré de densité vraiment appréciable. Mais il vaut mieux que vous portiez l'amulette et que vous ne restiez pas trop longtemps dehors, histoire de ne pas prendre de risques inutiles. Elle ne vous protégera pas indéfiniment — guère plus d'une demi-heure. Si jamais vous devez, pour une raison ou pour une autre, rester dehors plus longtemps, attachez-vous ce petit paquet d'herbes autour du cou.

Nicholls sourit.

— À n'utiliser qu'en cas d'absolue nécessité, toutefois. Ça marche sur le principe de l'assa fœtida. Les fantômes ne s'en approcheraient pour rien au monde — mais vous-même n'en raffolerez pas. Ça n'est pas particulièrement — euh — flatteur pour l'odorat.

Il se pencha de nouveau au-dessus de la marmite et huma son contenu avec circonspection. Il éternua.

— Ça a assez refroidi. Mettez-vous au travail avant que ça commence à se figer. Et faites bien attention à ne pas oublier de fenêtres.

— Et vous, qu'est-ce que vous allez faire ?

— Moi, dit Nicholls d'un ton péremptoire, je reste ici. Allez-y.

Mais il ne resta pas. Lorsque Harley eut terminé son ingrate besogne et qu'il descendit, il appela Nicholls, mais celui-ci avait disparu. Harley alla sur le pas de la porte et regarda au-dehors. La voiture avait disparu, elle aussi.

Il haussa les épaules et marmonna un « bah » philosophe, après quoi il se mit en devoir d'ôter les housses du mobilier.

II

Quelque part dans son cerveau formaliste et calculateur de juriste, maître Turnbull se surprit à penser que la frontière était bien ténue, qui séparait le cauchemar de la folie.

Les yeux rivés au fauteuil confortable qu'il avait devant lui, il observa avec un très net sentiment de malaise comment les gouttes rutilantes qui semblaient défier à la fois la loi de la pesanteur et la loi de la causalité, disparaissaient en touchant le sol, mais laissaient des taches couleur terre de Sienne sur le tissu du fauteuil. Le bruit n'était pas particulièrement plaisant, lui non plus : Splatch. PCHHH. Splatch. PCHHH...

La voix poursuivit impatiemment :

— Au diable la bêtise humaine ! Il se peut que je sois un fantôme, mais Dieu sait que je n'essaie pas de vous hanter. Ce serait vous accorder plus d'importance que vous n'en avez, mon ami. Comprenez-moi bien. Je suis venu pour parler affaires.

Turnbull appris à ses dépens qu'on ne peut humecter des lèvres sèches avec une langue déshydratée.

— Affaires juridiques ?

— Précisément. Le fait que j'aie succombé jadis à une mort violente et que j'aie été contraint de poursuivre mon existence sur le plan astral ne veut pas dire que j'aie perdu mes droits civiques. N'est-ce pas ?

L'avocat secoua la tête, estomaqué.

— Cette entrevue serait plus facile pour moi si

vous n'étiez pas invisible. N'y a-t-il rien que vous puissiez faire ?

Il y eut un bref silence.

— Eh bien, je pourrais me matérialiser pendant une minute, dit la voix. Cela exige un effort, un gros effort de ma part. Il y a un grand nombre d'entités astrales comme moi qui y arrivent comme un rien, mais... Enfin, si je dois en passer par là, je vais essayer d'y arriver, pour une fois.

Il y eut un chatoiement dans l'air au-dessus du fauteuil, et une vapeur lactescente se condensa pour former une intangible silhouette assise. Turnbull ne prit aucun plaisir à noter qu'à travers la forme assise devant lui, il voyait encore les contours estompés du fauteuil. La silhouette se précisa. Au moment où les traits de son visage prenaient forme — au moment précis où les yeux exorbités de Turnbull arrivaient à distinguer un nez proéminent et crochu et une barbe frisée —, elle s'étiola et explosa avec un petit bruit sec de bouchon qui saute.

— Je trouve que ce n'était pas si mal que ça, dit la voix faiblement. Je suis complètement rouillé. Ça doit être, si je ne m'abuse, ma première matérialisation de jour en soixante-quinze ans.

L'avocat ajusta ses lunettes sans monture et toussota. *Sacrebleu, quelle histoire*, pensa-t-il. *Et le pire, c'est que j'y crois !*

— Enfin... dit-il à haute voix.

Puis il ajouta rapidement avant que le visiteur ne s'en offusque :

— Que puis-je faire pour vous, au juste ? Je ne

suis qu'un modeste avocat de province, vous savez. Mon travail n'a rien que de très routinier...

— Je sais tout de votre travail, dit la voix. L'affaire en question entre parfaitement dans vos compétences. Il s'agit d'un litige foncier. Je veux poursuivre Russel Harley en justice.

— Harley ?...

Turnbull se tripota la joue, l'air pensif.

— Y a-t-il un rapport quelconque entre ce monsieur et Zeb Harley ?

— C'est son neveu — et unique héritier, par la même occasion.

Maître Turnbull hocha la tête.

— Oui, je me souviens, maintenant. Les parents de ma femme vivent à Rebel Butte, et j'y ai été à plusieurs reprises. Drôle de coïncidence que vous vous soyez justement adressé à moi...

La voix éclata d'un rire malicieux et ajouta doucement :

— Ce n'est pas une coïncidence.

— Ah !

Turnbull resta silencieux une seconde, avant d'ajouter :

— Je vois.

Il posa sur le fauteuil un regard non dépourvu de roublardise.

— Entreprendre une action en justice coûte de l'argent, monsieur... je ne crois pas que vous vous soyez encore présenté ?...

— Hank Jenkins, précisa la voix. Je sais. Est-ce que... voyons voir. Est-ce que 650 dollars suffiraient ?

Turnbull déglutit.

— Je crois que oui, parvint-il à dire d'un ton relativement détaché — relativement par rapport à ce qu'il pensait.

— Dans ce cas, fixons dès maintenant le montant de vos honoraires jusqu'à concurrence de cette somme. Il se trouve que j'ai caché une importante quantité d'or lorsque j'étais — je veux dire lorsque je n'étais pas encore une entité astrale. Je suis à peu près certain que personne n'y a touché. Il vous faudra sans doute prétendre être l'inventeur du trésor et en donner la moitié à l'État, mais il y en a pour un total de 1 300 dollars.

Turnbull hocha la tête d'un air entendu.

— Sous réserve qu'on puisse retrouver votre trésor, votre proposition me semble satisfaisante.

Il se renversa dans son fauteuil et prit son air le plus juridique. Il avait retrouvé toute son assurance.

Et une demi-heure plus tard, il conclut lentement :

— J'accepte de défendre vos intérêts.

Le juge Laurence Gimbel avait toujours aimé son métier. Mais le souvenir de ses treize années dans la magistrature avait perdu tout son attrait tandis qu'il réprimait une moue de lassitude et saisissait son maillet. Cette affaire était bien trop alambiquée à son goût.

Le greffier fit son discours et la salle bondée s'assit comme un seul homme. Gimbel porta brièvement une main à ses yeux avant de prendre la parole.

– L'avocat du plaignant est-il prêt ?

— Oui, monsieur le Président.

Turnbull, seul sur son banc, se leva et s'inclina.

— L'avocat de la défense ?

— Je suis prêt, monsieur le Président, fit sèchement Fred Wilson.

Il regarda avec une lueur maligne d'intérêt en direction de Turnbull, assis seul sur le banc des plaignants, puis se pencha vers Harley et lui chuchota quelque chose à l'oreille. Le jeune homme hocha la tête, l'air maussade, puis haussa les épaules.

Gimbel parlait.

— Les avocats des deux parties en présence confirment avoir renoncé à ce que cette affaire, opposant M. Henry Jenkins à M. Russell Harley, soit jugée par un jury, comme l'autorise la loi.

Les deux avocats opinèrent de la tête. Gimbel continua :

— Eu égard à la nature inhabituelle de cette affaire, j'imagine qu'il sera peut-être nécessaire de faire preuve d'une certaine souplesse. L'unique propos de ce tribunal est de faire toute la lumière sur les faits en cause, et de rendre un verdict qui soit en accord avec les lois régissant ces faits. Je ne serai donc pas inutilement à cheval sur la procédure. Néanmoins, je ne tolérerai aucune agitation intempestive ni aucune irrégularité superflue. Le public est courtoisement invité à se souvenir que c'est par faveur spéciale qu'il est admis à suivre les débats. Toute velléité de trouble entraînera l'évacuation immédiate de la salle et la proclamation du huis-clos.

Il promena un regard sévère sur les visages pâles et inintelligents tournés vers lui. Puis, réprimant un soupir, il proclama :

— L'avocat du plaignant a la parole.

Turnbull se leva prestement et se tourna vers le juge.

— Monsieur le Président, dit-il, nous nous proposons de montrer que mon client, M. Jenkins, a été lésé dans ses droits par le défendeur. M. Jenkins, du fait qu'il a résidé de façon ininterrompue pendant plus de vingt ans dans la maison sise sur la route 22, à douze kilomètres au nord du lieu-dit Rebel Butte, au su de son propriétaire légal, a acquis certains droits. En langage juridique, nous appelons cela l'usucapion. Le non-initié appellerait sans doute cela le droit de fait — le droit du squatter, en quelque sorte.

Gimbel croisa les mains et essaya de se détendre. Des droits de squatter. Pour un fantôme ! Il soupira, mais écouta attentivement ce que disait Turnbull.

— Au décès de Zebulon Harley, le propriétaire de la maison en question — elle est mieux connue, je crois, sous le nom de Harley Hall —, le défendeur hérita légalement de la maison. Nous ne lui en contestons pas la propriété. Mais mon client a des droits sur Harley Hall ; le droit d'y vivre librement. Or le défendeur a expulsé mon client *manu militari*, en utilisant des méthodes qui l'ont profondément traumatisé et qui ont été jusqu'à mettre son existence même en péril.

Gimbel hocha la tête. Si seulement il y avait un précédent à cette affaire. Mais il n'y en avait pas. Il se souvint sans plaisir des heures qu'il avait passées à consulter toutes sortes de livres de droit, plus farfelus les uns que les autres, pour essayer de trouver quelque chose qui ressemblât de près ou de loin à l'affaire présente.

S'il s'était écouté, il aurait déclaré la requête irrecevable, et les choses en seraient restées là. Un juge ne peut pas se permettre d'être la risée de la ville, surtout s'il est ambitieux. Et les rires du public étaient les seules conséquences sûres de cette affaire. Mais Wilson avait exercé de telles pressions pour qu'il le fasse que le tempérament ombrageux du juge avait pris le dessus. Il n'avait jamais aimé Wilson, de toute façon.

— Vous pouvez faire appeler vos témoins, dit-il.

Turnbull acquiesça d'un signe de tête.

— Faites appeler Henry Jenkins à la barre des témoins, demanda-t-il en se tournant vers le greffier.

Mais Wilson avait bondi avant que le greffier ait eu le temps d'ouvrir la bouche.

— Objection ! beugla-t-il. Le soi-disant Henry Jenkins n'a pas qualité pour être cité comme témoin !

— Et pourquoi cela ? demanda Turnbull.

— Parce qu'il est mort !

Le juge saisit son maillet d'une main et son front

de l'autre. Il donna un coup sur la table pour ramener le silence dans la salle.

Turnbull restait là, à sourire.

— Et bien entendu, dit-il, vous avez des preuves à l'appui de cette affirmation.

— Certainement, grogna Wilson.

Il désigna son dossier.

— Le soi-disant Henry Jenkins est le fantôme, l'esprit ou le spectre d'un certain Hank Jenkins, qui prospectait cette région il y a un siècle pour y trouver de l'or. Il fut tué d'une balle de revolver dans la gorge, tirée par un dénommé Long Tom Cooper, et fut légalement déclaré décédé le 14 septembre 1850. Cooper fut pendu pour son forfait. Quel que soit le tour de passe-passe auquel vous ayez recours maintenant pour tenter de prouver le contraire, ce statut de mort légale demeure inchangé.

— Quelle preuve avez-vous que mon client et ce Hank Jenkins sont une seule et même personne ? demanda Turnbull d'une voix acerbe.

— Vous le niez ?

Turnbull haussa les épaules.

— Je ne nie rien. Je ne suis pas soumis à un interrogatoire, que je sache. De plus, la seule condition préalable que doit remplir une personne pour pouvoir témoigner est qu'elle comprenne la valeur d'un serment. Henry Jenkins a été examiné par M. John Quincy Fitzjames, professeur de psychologie à l'université de Southern California. Les résultats des tests — le professeur Fitzjames les a consignés sous serment dans la déclaration écrite que j'ai devant moi et que je vous demanderai de bien vouloir verser au dossier comme pièce à l'appui — montrent clairement que le quotient d'intelligence de mon client est largement supérieur à la moyenne, et qu'un examen psychiatrique n'a révélé l'existence d'aucune anomalie importante de nature à compromettre sa qualité de témoin. J'insiste pour que mon client ait le droit de plaider sa propre cause.

— Mais il est mort ! glapit Wilson. En ce moment même, il est invisible !

— Mon client, fit observer Turnbull avec raideur, n'est pas parmi nous en ce moment. Sans doute cela explique-t-il ce que vous appelez son invisibilité.

Il fit une pause pour laisser passer le murmure appréciatif qui parcourut la salle. Tout marche comme sur des roulettes, se dit-il en souriant.

— J'ai ici une déposition écrite sous serment, poursuivit-il. Elle est signée par Elihu James et Terence MacRae, qui dirigent respectivement les départements de physique et de biologie de la même université. Elle atteste que mon client présente tous les phénomènes physiques qui caractérisent la vie. Je suis prêt à faire comparaître mes trois experts à la barre des témoins si nécessaire.

Wilson fronça les sourcils mais ne dit rien. Le juge Gimbel se pencha en avant.

— Je ne vois pas comment il me serait possible de refuser au plaignant le droit de témoigner, dit-il. Si les trois experts qui ont rédigé ces rapports acceptent au préalable de certifier leur contenu,

Henry Jenkins pourra alors déposer à la barre des témoins.

Wilson s'assit lourdement. Les trois experts parlèrent brièvement et avec un détachement quasi clinique. Wilson les soumit à un interrogatoire contradictoire de pure forme.

Le juge leva la séance pour quelques instants. Dehors, dans le couloir, Wilson et son client allumèrent une cigarette et se dévisagèrent sans bienveillance.

— De quoi j'ai l'air, de faire un procès à un fantôme, dit Russell Harley.

— C'est le fantôme qui vous intente le procès, rappela Wilson. Si seulement nous avions pu faire traîner les choses encore deux semaines, le temps qu'un nouveau juge soit nommé, j'aurais pu faire en sorte que cette affaire ne soit jamais plaidée.

— Alors pourquoi n'avons-nous pas attendu ?

— Parce que vous étiez si fichtrement pressés ! s'exclama Wilson. Vous et cet idiot de Nicholls, vous étiez tellement convaincus que cette affaire ne viendrait jamais devant un tribunal.

Harley haussa les épaules, et pensa avec amertume aux efforts qu'ils avaient déployés pour tenter d'exorciser le fantôme de Hank Jenkins. Toute l'opération s'était soldée par un pitoyable échec : Jenkins avait réussi à s'échapper du cercle enchanté qu'ils avaient tracé autour de lui dans l'espoir qu'il y resterait enfermé jusqu'à ce que le jugement soit rendu par défaut.

— À ce propos, dit Wilson, où est Nicholls ?

Harley haussa de nouveau les épaules.

— Je ne sais pas. La dernière fois que je l'ai vu, c'était dans votre cabinet. Il est venu me voir juste après que l'huissier m'eut transmis la citation à comparaître. Il m'a amené chez vous en me disant que vous lui aviez été recommandé. Ensuite, nous avons tous les trois discuté de l'affaire pendant quelque temps. Il est sorti après m'avoir avancé le montant de vos honoraires, et je ne l'ai plus revu depuis.

— J'aimerais bien savoir quel est l'olibrius qui m'a recommandé à lui, fit Wilson, l'air mauvais. Je lui ferais passer pour de bon l'envie de recommander les gens, moi. Je n'aime pas cette affaire — et vous non plus, je ne vous aime pas beaucoup, si vous voulez tout savoir.

Harley émit un grognement mais ne dit rien. Il jeta sa cigarette d'un geste dégoûté. Elle était complètement imprégnée de l'odeur de cette cochonnerie qu'il portait autour du cou — comme tout ce qu'il touchait, d'ailleurs. Nicholls n'avait pas menti lorsqu'il avait dit qu'Harley n'apprécierait pas l'odeur du paquet d'herbes séchées qui éloignerait le fantôme du vieux Jenkins. Ça sentait vraiment très mauvais.

Le greffier cria quelque chose à la cantonade dans le couloir, et les gens commencèrent à regagner leurs places dans la salle d'audience. Harley et son avocat les imitèrent.

Lorsque la séance fut rouverte, le greffier annonça :

— Henry Jenkins !

Turnbull se leva aussitôt. Il ouvrit la porte de l'antichambre et chuchota quelque chose à voix basse. Puis il s'effaça, comme pour laisser passer quelqu'un.

Splatch. PCHHH. Splatch. PCHHH...

Il y eut un haut-le-corps généralisé dans l'assistance lorsque l'étrange suintement de sang traversa lentement la salle en direction du banc des témoins. C'était le fantôme — le plaignant dans l'affaire la plus éminemment absurde qui eût jamais été plaidée de mémoire de juriste.

— Hank, chuchota Turnbull, il va falloir que vous vous matérialisiez assez longtemps pour prêter serment.

Le greffier s'écarta nerveusement de la colonne de brume lactescente, de forme vaguement humaine, qui apparut devant lui. Une main spectrale, à demi transparente, effleura la bible. Le greffier déféra le serment d'une voix mal assurée, et entendit la réponse émaner du cœur de la forme nébuleuse.

La « chose » se laissa glisser dans le siège des témoins, se plia curieusement en deux à hauteur de hanches, et se volatilisa avec un bruit de bulles de savon qui éclate.

Le juge actionna frénétiquement son maillet. Le brouhaha qui avait accompagné le premier moment d'affolement chez les spectateurs retomba peu à peu.

— Je vous rappelle, dit-il, que je ne tolérerai aucune agitation intempestive. L'avocat du demandeur a la parole.

Turnbull alla vers le siège des témoins et s'adressa au fauteuil vide :

— Votre nom ?

— Je m'appelle Henry Jenkins.

— Votre profession ?

Il y eut une courte pause.

— Je n'en ai pas. Disons que je suis ce qu'on appelle un retraité.

— Monsieur Jenkins, quel rapport y a-t-il entre vous et le bâtiment connu sous le nom de Harley Hall ?

— J'y ai habité pendant quatre-vingt-dix ans.

— Au cours de cette période, avez-vous été amené à faire la connaissance de feu Zebulon Harley, le propriétaire du susdit bâtiment ?

— Je connaissais très bien Zeb.

Turnbull hocha la tête.

— Quand avez-vous fait sa connaissance ? demanda-t-il.

— Au printemps 1907. Zeb venait de perdre sa femme. Après cela, voyez-vous, il a fait de Harley Hall son domicile permanent. Il est devenu ce qu'on peut appeler — euh — un ermite. Avant cela, nous ne nous étions jamais rencontrés, car il ne venait que rarement à Harley Hall. Mais nous nous sommes liés d'amitié à ce moment-là.

— Combien de temps a duré cette amitié ?

— Jusqu'à sa mort, à l'automne dernier. J'étais à ses côtés lorsqu'il s'est éteint.

Un soupir mélancolique émana du siège des témoins, maintenant littéralement inondé de liquide rougeâtre. Les gouttes qui tombaient semblaient hésiter un moment, et le grésillement qu'elles provoquaient en touchant le sol semblait comme assourdi par une forte émotion.

Turnbull poursuivit :

— Vous étiez donc en bons termes avec lui ?

— J'étais en excellents termes avec lui, répondit fermement la voix. Nous passions toutes nos soirées ensemble. Quand nous ne jouions pas aux échecs, au bézigue ou au cribbage, nous restions simplement à discuter de la pluie et du beau temps. J'ai conservé le cahier où il consignait les résultats de nos parties d'échecs et de bézigue. C'est Zeb qui le tenait lui-même à jour ; les résultats y sont notés de sa propre main.

Turnbull délaissa le témoin pendant un moment et se tourna vers le juge en souriant.

— Je tiens à la disposition du tribunal le cahier en question, ainsi qu'un anneau dont feu M. Harley a fait don au plaignant, et un exemplaire du théâtre complet de Gilbert et Sullivan. Sur la page de garde de ce livre, on peut lire : « À mon cher vieux Hank », écrit de la main même de M. Harley.

Il se tourna de nouveau vers le siège vide et éclaboussé de sang.

— Pendant toutes ces années, Zebulon Harley vous a-t-il jamais demandé, à un moment ou à un autre, de partir ou de lui verser un loyer ?

— Bien sûr que non. Ce n'était pas son genre !

Turnbull acquiesça de la tête.

— Fort bien, dit-il. Encore une ou deux questions, et j'en aurai terminé. Voulez-vous décrire vous-même les circonstances qui après le décès de Zebulon Harley, vous ont amené à intenter cette action en justice ?

— Eh bien, en janvier, le jeune Harley...

— Vous voulez parler de Russell Joseph Harley, le défendeur ?

— Oui. Il est arrivé à Harley Hall le 5 janvier. Je lui ai demandé de partir, ce qu'il a fait. Le lendemain, il est revenu avec un autre homme. Ils ont placé un talisman en travers du seuil de l'entrée principale, et peu après, ils ont scellé toutes les portes et les fenêtres de la maison à l'aide d'une substance qui a sur moi un effet nocif. Ces activités furent accompagnées de quelques-uns des exorcismes les plus meurtriers de l'*ars magicorum*. De plus, ils tracèrent un Cercle d'Exclusion d'un rayon de presque deux kilomètres autour de la maison.

— Je vois, dit l'avocat. Pouvez-vous expliquer à la cour les effets de ces activités ?

— Eh bien, répondit la voix, pensive, c'est assez difficile à expliquer. Je ne peux pas franchir le cercle sans dépenser une grande quantité d'énergie. Même si j'y arrivais, je ne pourrais pas pénétrer dans la maison à cause du talisman et des scellés magiques.

— Vous ne pourriez pas y pénétrer par le haut, par une cheminée, par exemple ?

— Non. Le Cercle d'Exclusion est en réalité une sphère. Je suis à peu près certain qu'un tel effort me serait fatal.

— Vous vous voyez donc interdire l'accès de la

maison que vous avez habitée pendant quatre-vingt-dix ans, du fait des agissements délibérés de Russell Joseph Harley, le défendeur, et d'un complice dont vous ignorez l'identité ?

— C'est exact.

Turnbull rayonnait de satisfaction.

— Merci. Ce sera tout.

Il se tourna vers Wilson qui, pendant toute la durée de l'interrogatoire, ne s'était pas départi de son expression rébarbative.

— À vous, maître.

Wilson se leva d'un bond et se dirigea à grandes enjambées vers le siège des témoins.

— Vous dites que vous vous appelez Henry Jenkins ? demanda-t-il d'un ton agressif.

— Oui.

— C'est votre nom actuel, vous voulez dire. Comment vous appeliez-vous avant ?

— Avant ?

Il y avait de la surprise dans la voix qui émanait des gouttes de sang.

— Avant quoi ?

La voix de Wilson se fit menaçante.

— Ne feignez pas d'ignorer ce dont je veux parler, dit-il sèchement. Avant votre *mort*, bien sûr.

— Objection !

Turnbull avait bondi et fusillait Wilson du regard.

— L'avocat de la défense n'a pas le droit de parler d'un hypothétique décès de mon client !

Gimbel leva la main d'un geste las et coupa court

aux protestations qui se formaient déjà sur les lèvres de Wilson.

— Objection acceptée, dit-il. Rien ne permet d'identifier le plaignant au chercheur d'or qui fut tué en 1850, ou à qui que ce soit d'autre.

La bouche de Wilson se tordit en un rictus amer. Il poursuivit, un ton plus bas :

— Vous dites, monsieur Jenkins, que vous avez habité Harley Hall pendant quatre-vingt-dix ans.

— Cela fera quatre-vingt-douze ans le mois prochain. La maison n'a été construite — sous sa forme actuelle, du moins, qu'en 1876, mais j'habitais la maison qui s'élevait sur le même terrain avant sa construction.

— Et avant cela, que faisiez-vous ?

La voix hésita, puis ajouta, incertaine :

— Je ne me souviens plus.

— Vous témoignez sous la foi du serment ! lui rappela vivement Wilson.

La voix se fit plus ferme.

— C'est long, quatre-vingt-dix ans, dit-elle. Je ne me souviens plus.

— Voyons si je peux vous rafraîchir la mémoire. Est-il vrai qu'il y a tout juste quatre-vingt-onze ans, l'année même où vous prétendez avoir commencé à habiter Harley Hall, Hank Jenkins fut tué lors d'un duel au revolver ?

— C'est sans doute vrai, puisque vous le dites. Je ne me souviens plus.

— Vous souvenez-vous que l'échange de coups de feu eut lieu à une quinzaine de mètres à peine du site actuel de Harley Hall ?

— C'est possible.

— Dans ce cas, tonna Wilson, niez-vous que lorsque Hank Jenkins est mort, son fantôme a fait son apparition ? Que celui-ci était condamné à hanter le théâtre du crime jusqu'à la fin des temps ?

— J'ignorais tout de cette affaire, dit la voix sans se départir de son calme.

— Niez-vous qu'il est de notoriété publique dans cette région que le fantôme de Hank Jenkins hante Harley Hall ?

— Objection ! cria Turnbull. La rumeur publique ne saurait constituer une preuve.

— Objection acceptée. Greffier, radiez la question de la feuille d'audience.

Wilson, exaspéré, perdit son sang-froid. D'une voix dangereusement inégale, il dit :

— Le parjure est un délit puni par la loi, monsieur Jenkins. Niez-vous être le fantôme de Hank Jenkins ?

La voix parut surprise.

— Mais... certainement !

— Vous êtes bien un fantôme, n'est-ce pas ?

Avec raideur :

— Je suis une entité du plan astral.

— C'est ce que les gens appellent communément un fantôme, je suppose ?

— Ce que disent les gens, vous savez... S'il fallait par exemple que je croie tout ce qu'on m'a dit sur votre compte...

L'assistance s'esclaffa. Gimbel abattit son maillet sur la table.

— Le témoin se contentera de répondre aux questions qui lui sont posées, dit-il.

Wilson se mit à crier.

— Malgré tout ce que vous dites, est-il vrai, oui ou non, que vous n'êtes que l'esprit d'un être humain qui a succombé à une mort violente ?

— Je vous répète que je suis une entité du plan astral, répliqua la voix. Je ne me souviens pas d'avoir jamais été un être humain.

L'avocat tourna vers le juge un visage congestionné par l'exaspération.

— Monsieur le Président, je vous demande de bien vouloir sommer le témoin de cesser de se livrer à ce petit jeu de cache-cache verbal. Il est parfaitement évident que le témoin est un fantôme, et il n'est par conséquent que la survivance d'un être humain, *ipso facto*. De solides présomptions tendent à accréditer la thèse que le témoin n'est autre que le fantôme du Hank Jenkins qui fut tué en 1850. Mais c'est là un détail accessoire. Ce qui est clair, c'est qu'il est le fantôme de quelqu'un qui est mort à l'heure actuelle, et que par conséquent, il n'a pas qualité pour être cité comme témoin ! Je demande que sa déposition soit annulée.

Turnbull intervint immédiatement :

— L'avocat de la défense peut-il nous préciser de quelle autorité il se prévaut pour affirmer que mon client est un fantôme, et ce malgré les déclarations réitérées de ce dernier selon lesquelles il est une entité du plan astral ? Quelle est la définition légale d'un fantôme ?

Le juge Gimbel sourit.

— L'avocat de la défense est prié de poursuivre l'interrogatoire contradictoire, dit-il.

Le visage de Wilson devint cramoisi. Il s'essuya le front à l'aide d'un grand mouchoir, puis fixa sur le suintement crépitant de sang un regard haineux.

— Quoi que vous soyez, dit-il, je vous demanderai de bien vouloir répondre à cette question : Pouvez-vous traverser un mur ?

— Mais oui, bien sûr.

La voix désincarnée semblait surprise.

— Mais ce n'est pas aussi facile qu'on le croit. Cela demande un effort considérable.

— Peu importe. Vous pouvez le faire ?

— Oui.

— Pourriez-vous être limité dans vos mouvements par un quelconque moyen physique ? Des menottes, par exemple ? Ou des cordes, des chaînes, des murs de prison, un coffre hermétiquement fermé ?

Jenkins n'eut pas le temps de répondre. Turnbull, sentant le danger, s'interposa prestement.

— Je conteste l'orientation que l'avocat de la défense veut donner à l'interrogatoire. Elle manque totalement de pertinence.

— Au contraire ! s'écria Wilson. Elle a un rapport étroit avec les conditions auxquelles celui qui se fait appeler Henry Jenkins doit satisfaire pour pouvoir être cité comme témoin. Je demande qu'il réponde à ma question.

— L'objection est rejetée, dit le juge Gimbel. Le témoin est invité à répondre à la question qui lui a été posée.

La voix provenant de la chaise annonça d'un ton légèrement pincé :

— Cela ne me gêne pas de répondre. Disons qu'en gros, les obstacles physiques n'ont sur moi aucun pouvoir de contrainte.

L'avocat de la défense se redressa triomphalement.

— Très bien, dit-il avec satisfaction. *Très* bien.

Puis, se tournant vers le juge, d'une voix pressante, percutante :

— J'affirme, monsieur le Président, que le soi-disant Henry Jenkins ne satisfait pas aux conditions requises par la loi pour pouvoir témoigner devant un tribunal. Il est bien évident que le simple fait de comprendre la signification d'un serment n'engage à rien si son auteur ne craint aucune des sanctions qui pourraient être prises à son encontre en cas de violation de ce serment. La déposition d'un homme qui peut se parjurer en toute impunité n'a aucune valeur. Je demande qu'elle soit annulée !

Turnbull fut auprès du juge en deux enjambées.

— J'avais prévu une telle argumentation, monsieur le Juge, dit-il rapidement. Il ressort de la nature même de cette affaire, toutefois, que mon client peut bel et bien être soumis à une contrainte par corps — au moyen d'exorcismes, de pentacles, de talismans, d'amulettes, de Cercles d'Exclusion, etc. J'ai ici une liste des différentes façons de confiner une entité astrale dans un espace limité pendant des périodes allant de quelques instants à toute l'éternité, et je la tiens à la disposition de l'huissier. J'ai, de surcroît, versé une caution de 5 000 dollars avant le début du procès, caution que je m'engage à verser dans son intégralité si mon client, dans l'éventualité où il serait convaincu de parjure, était confiné et parvenait à s'échapper.

Gimbel, qui avait eu l'air désorienté l'espace d'un instant, se rasséréna lentement.

— Le tribunal se déclare satisfait des déclarations de l'avocat du plaignant, annonça-t-il. Il ne fait aucun doute que le plaignant peut être sanctionné s'il est convaincu de faux témoignage. La requête de la défense est donc rejetée.

Wilson eut l'air furieux, mais haussa les épaules.

— Soit, dit-il. Ce sera tout pour l'instant.

— Vous pouvez vous retirer, monsieur Jenkins, déclara Gimbel.

Il regarda, fasciné, la colonne sanguinolente se lever, traverser le parquet, emprunter le couloir et pousser la porte.

Turnbull s'approcha de nouveau du bureau du juge.

— Je voudrais faire verser au dossier comme pièces à l'appui ces notes, le journal de feu Zebulon Harley. Il fut donné à mon client par Harley lui-même à l'automne dernier. Je me permets d'attirer tout particulièrement votre attention sur les notes en date du 6 avril 1917, notes dans lesquelles il fait allusion à l'entrée en guerre des États-Unis, et consigne par écrit les résultats de onze parties de bézigue jouées avec un personnage qu'il appelle « le bon vieux Hank ». Avec la permission de la cour, je vais lire ce qu'il écrit ce jour-là, ainsi que diverses autres notes prises pendant les quatre années qui suivirent. Vous remarquerez les allusions faites à un individu désigné tantôt comme « Jenkins », tantôt comme « Hank Jenkins », et, dans un passage extrêmement significatif, comme « ce bon vieil invisible ».

Wilson bouillait en silence pendant que l'autre donnait lentement lecture du journal de Harley. Son visage était rouge de colère, mais il prêtait une oreille attentive aux paroles de Turnbull, et lorsque celui-ci eut fini, il bondit sur ses pieds.

— Je voudrais savoir si l'avocat du plaignant a eu en sa possession un journal postérieur à 1920 ?

— Harley n'a apparemment jamais tenu un journal en dehors des quatre années représentées dans celui-ci.

— Dans ce cas, je demande à la cour de refuser d'accepter ce journal comme pièce à conviction, et ce pour deux raisons, dit Wilson.

Il montra deux doigts et les replia l'un après l'autre au fur et à mesure qu'il énumérait ses arguments.

— Tout d'abord, les prétendues preuves à l'appui sont d'une inconsistance qui frise la frivolité ! Les quelques allusions vagues et moins que convaincantes à Jenkins ne le décrivent spécifiquement nulle part comme étant ce qu'il est, c'est-à-dire un fantôme, une entité astrale, ou tout ce que vous voudrez. Deuxièmement, même si l'on faisait abstraction de ce premier point, les preuves avancées par le demandeur ne concernent que la période allant jusqu'à l'année 1921. Or, dans cette affaire, il n'est question que de l'occupation supposée de Harley Hall par le sieur Jenkins au cours des vingt dernières années, c'est-à-dire *depuis* 1921. Il est clair, par conséquent, que les preuves en question ne peuvent pas être considérées comme pertinentes.

Gimbel regarda Turnbull qui sourit calmement.

— L'expression « ce bon vieil invisible » est loin d'être vague, fit-il observer. Elle fait on ne peut plus clairement allusion au caractère astral de mon client. Quant aux preuves attestant l'existence de liens d'amitié entre mon client et feu Zebulon Harley avant 1921, elles sont tout à fait pertinentes, puisqu'il y a tout lieu de croire qu'une telle amitié, une fois née, continue à exister indéfiniment. À moins, bien sûr, que la défense ne soit en mesure de prouver le contraire.

— Le journal est accepté comme pièce à conviction, annonça le juge Gimbel.

— Je suspends ma plaidoirie, annonça Turnbull.

Le brouhaha des conversations envahit la salle tandis que le juge examinait le journal, puis le passait au greffier pour que celui-ci l'étiquette et le verse au dossier.

Lorsque ce fut chose faite, Gimbel déclara :

— La défense peut commencer sa plaidoirie.

Wilson se leva et annonça, en s'adressant au greffier :

— Russell Joseph Harley.

Mais le jeune Harley ne l'entendait pas de cette oreille.

— Pas question, fit-il en se levant. Ce truc est tout plein de sang ! Vous ne voulez pas que je m'assoie dessus comme ça, tout de même !

Le juge Gimbel se pencha en avant pour voir le siège des témoins. Le suintement de sang émanant de l'apparition avait laissé ses traces d'un marron douteux sur tout le devant de la chaise. Gimbel se surprit à se demander comment le fantôme se réapprovisionnait en plasma, mais renonça à comprendre.

— Je vois ce que vous voulez dire, admit-il. De toute façon, il se fait tard. Le greffier veillera à remplacer le siège des témoins. En attendant, l'audience est suspendue. Elle reprendra demain matin à 10 heures.

III

Russell Harley ne put s'empêcher de ressentir le dégoût et la réprobation que semblait exhaler le dos tourné du garçon d'ascenseur, et fit la grimace. Il savait qu'il n'était pas très bien vu dans l'hôtel où il était descendu. Son erreur, cependant, consistait à attribuer ce manque de popularité au paquet d'herbes nauséabond qu'il portait autour du cou, alors que son odieux caractère n'était pas étranger, loin de là, à l'attitude glaciale du personnel et des autres clients.

Il se fraya un chemin jusqu'au bar sans prêter

attention aux têtes qui se tournaient, surprises, à son passage, pour suivre à la trace l'individu qui laissait une puanteur aussi fétide dans son sillage. Il pénétra dans le salon tout en cuir rouge et en chromes, et chercha des yeux maître Wilson, son avocat.

Et il cligna des yeux d'étonnement lorsqu'il l'eut repéré. Wilson n'était pas seul. Une grande silhouette sombre était assise à sa table, le dos tourné vers Harley. Ce dos, Russel l'aurait reconnu entre mille. Nicholls !

Wilson l'avait aperçu.

— Bonsoir, Harley, fit-il, affable et tout sourire en présence de l'homme qui tenait les cordons de la bourse. Venez vous asseoir. M. Nicholls est passé me voir tout à l'heure, alors je lui ai demandé de venir prendre un verre avec nous.

— 'soir, fit Harley sans enthousiasme, et Nicholls hocha la tête.

Les muscles de ses joues se contractaient de façon spasmodique, et il semblait crispé, étrangement mal à l'aise en présence de son protégé. Il n'en regarda pas moins celui-ci avec une lueur d'intérêt, et c'est d'un ton assez amical — bien que non dénué d'une certaine condescendance — qu'il dit :

— Bonsoir, Harley. Comment va le procès ?

— C'est à lui qu'il faut demander ça, répondit Harley en désignant Wilson du pouce tandis qu'il glissait ses jambes sous la table et s'asseyait. C'est lui l'avocat. Il est censé savoir ces choses-là.

— Vous pensez qu'il ne les sait pas ?

Harley haussa les épaules et se contorsionna pour essayer de repérer une serveuse.

— Si, si, sans doute... Whisky à l'eau !

Il reluqua la fille qui s'éloignait en direction du bar après avoir pris sa commande, puis reporta son attention sur Nicholls.

— L'ennui, dit-il, c'est que Wilson s'imagine qu'il sait, mais moi, je pense qu'il se fourre le doigt dans l'œil.

Wilson fronça les sourcils.

— Voulez-vous insinuer..., commença-t-il, mais Nicholls leva la main.

— Ne nous chamaillons pas, dit-il. Répondez plutôt à ma question. J'ai des intérêts en jeu dans cette affaire, et je veux être mis au courant de la situation. Comment marche le procès ?

Wilson prit son air le plus candide.

— Franchement, répondit-il, pas très bien. Le juge m'a tout l'air d'avoir pris fait et cause pour la partie adverse. Si vous m'aviez écouté, vous auriez temporisé jusqu'à ce qu'un nouveau juge soit nommé.

— Je ne pouvais pas me permettre de temporiser. Il faut que je sois ailleurs dans quelques jours. En fait, je devrais déjà être en route. Pensez-vous que nous risquons de perdre le procès ?

Harley éclata d'un rire abrupt. Wilson lui lança un regard torve tandis qu'il prenait son verre sur le plateau que lui tendait la serveuse et en avalait une gorgée. Harley continua à sourire en entendant Wilson dire doucereusement :

— Ce n'est pas exclu, en effet.

— Hum.

Nicholls s'absorba dans la contemplation de ses ongles.

— Peut-être aurais-je dû choisir un autre avocat ?

— À qui le dites-vous ! ironisa Harley. Il appela la serveuse et commanda un deuxième whisky.

— Vous voulez savoir autre chose ? Je pense que vous auriez dû choisir un autre client. Je commence à en avoir assez de jouer les sous-fifres dans cette histoire. Et ce machin autour de mon cou qui sent mauvais. Comment est-ce que je sais si ça marche de toute manière ? Tout ce que je sais, moi, c'est que ça pue.

— Ça marche, vous pouvez me croire, dit laconiquement Nicholls. Je ne vous conseillerai pas de vous déplacer sans vous en être muni. Feu Hank Jenkins n'est pas un fantôme bien dangereux — un fantôme plus puissant ne ferait qu'une bouchée d'un gars comme vous, et mangerait vos herbes comme dessert —, mais sans la protection de ce « machin », comme vous dites, vous passeriez un mauvais quart d'heure si Jenkins venait à apprendre que vous ne le portiez plus.

Il reposa le verre de vin rouge qu'il humait sans le boire et regarda Wilson.

— J'ai investi de l'argent dans cette affaire, dit-il. J'avais espéré que vous seriez capable de la régler du point de vue légal. De toute évidence, il va falloir que là aussi, je pousse à la roue. Alors maintenant, écoutez-moi attentivement, parce que je n'ai pas l'intention de répéter ce que je vais dire.

Il y a un aspect de cette affaire auquel l'éminent juriste que vous êtes n'a visiblement pas pensé. Jenkins affirme qu'il est une entité astrale, ce qui est sans doute vrai. Mais au lieu d'essayer de prouver que c'est un fantôme, légalement décédé et par conséquent inapte à témoigner, comme vous avez tenté de le faire jusqu'à présent, pourquoi ne pas faire la chose suivante...

Et il se mit en devoir d'expliquer son idée avec rapidité et précision.

Et lorsqu'il les eut quittés un peu plus tard et que Wilson entraîna Harley, ivre mort, jusque dans sa chambre d'hôtel et le borda dans son lit, l'avocat se sentit heureux pour la première fois depuis le début de l'affaire.

Russell Joseph Harley, quelque peu affaibli par une légère gueule de bois et une grande nervosité, fut appelé à la barre comme premier témoin en son nom propre.

— Votre nom ? demanda Wilson.

— Russell Joseph Harley.

— Vous êtes le neveu de feu Zebulon Harley, qui vous a légué la maison connue sous le nom de Harley Hall ?

— Oui.

Wilson se tourna vers le juge.

— Je présente cet exemplaire du testament de Zebulon Harley comme preuve à l'appui. Tous ses biens sont légués à son neveu et seul héritier, le défendeur.

Turnbull, assis devant son bureau, fit remarquer :

— Le plaignant ne conteste en aucune manière les droits qu'a le défendeur sur Harley Hall.

— Vous avez passé une partie de votre enfance à Harley Hall, n'est-ce pas, poursuivit Wilson à l'adresse de son client. Et vous y avez également séjourné de temps en temps par la suite, c'est bien cela ?

— Oui.

— Est-ce qu'à un moment ou à un autre, quelque chose ressemblant à un fantôme, à un spectre ou à une entité astrale s'est manifesté en votre présence à Harley Hall ?

— Non. Je m'en souviendrais.

— Votre oncle vous a-t-il jamais parlé d'une manifestation de ce genre ?

— Lui ? non.

— Ce sera tout.

Turnbull s'approcha pour procéder à l'interrogatoire contradictoire.

— Quand, monsieur Harley, avez-vous vu votre oncle pour la dernière fois avant sa mort ?

— C'était en 1938. En septembre, aux environs du 10 ou du 12 du mois.

— Combien de temps êtes-vous resté son hôte ?

Harley rougit inexplicablement.

— Oh ! euh... un jour seulement ! répondit-il.

— Et avant cela, quand l'aviez-vous vu pour la dernière fois ?

— Eh bien, je ne l'avais pas revu depuis mon

enfance. Mes parents ont été s'installer en Pennsylvanie en 1920.

— Et depuis cette époque — exception faite de cet unique séjour de vingt-quatre heures en 1938 — avez-vous jamais été en communication avec votre oncle ?

— Non, pas que je me souvienne. C'était un drôle de coco — un solitaire. Un peu toqué sur les bords, je crois.

— Bel esprit de famille ! Mais eu égard à ce que vous venez de dire, vous paraît-il surprenant que votre oncle ne vous ait jamais parlé de M. Jenkins ? Il n'a jamais vraiment eu l'occasion de le faire, en somme, d'après ce que vous dites.

— Il a eu l'occasion en 1938, mais il ne l'a pas fait, dit Harley avec un ton de défi.

Turnbull haussa les épaules.

— J'ai terminé, dit-il.

Gimbel commençait à s'ennuyer ferme. Il avait espéré quelque chose de plus spectaculaire, quelque coup de théâtre.

— La défense a-t-elle d'autres témoins à citer ? demanda-t-il.

Wilson eut un sourire aigre-doux.

— Oui, monsieur le Président, dit-il.

L'heure était venue pour lui de frapper le grand coup. Savourant son effet, il dit doucement :

— J'aimerais appeler M. Jenkins à la barre des témoins.

Au cours du silence ébahi qui suivit, le juge Gimbel se pencha en avant.

— Vous voulez citer le plaignant comme témoin de la défense ?

Wilson, sereinement :

— Oui, monsieur le Président.

Gimbel fit une grimace.

— Appelez Henry Jenkins, dit-il d'une voix lasse au greffier, après quoi il se renfonça dans son fauteuil.

Turnbull avait l'air inquiet. Il se mordit la lèvre en essayant de décider s'il fallait s'opposer à cette procédure étonnante, mais finit par hausser les épaules comme le greffier criait le nom du fantôme.

Turnbull traversa le Parquet et sortit de la salle presque en courant. On entendit sa voix retentir dans l'antichambre, puis il revint plus lentement, le suintement familier de sang sur les talons.

— Splatch. PCHHH. Splatch. PCHHH...

— Un instant, dit Gimbel, sortant de sa torpeur. Je ne vois aucun inconvénient à ce que vous témoigniez, monsieur Jenkins, mais point n'est besoin d'obliger l'État à faire les frais d'un recapitonnage du siège des témoins chaque fois que vous venez déposer. Huissier, tâchez de trouver un vieux tapis ou quelque chose comme ça pour couvrir la chaise avant que M. Jenkins prête serment.

Une bâche fut apportée en toute hâte et ajustée sur le siège. Jenkins se matérialisa le temps de prêter serment, puis s'assit.

— Dites-moi, monsieur Jenkins, dit Wilson, combien au juste y a-t-il d'« entités astrales » — c'est bien le nom que vous vous donnez, je crois ?

— Je n'en ai pas la moindre idée. Plusieurs milliards.

— Autant, autrement dit, que d'êtres humains ayant succombé à une mort violente ?

Turnbull se leva, en proie à une soudaine agitation, mais le fantôme esquiva habilement le piège.

— Je ne sais pas. Je sais seulement qu'il y en a des milliards.

L'avocat, qui exhibait un sourire de chat venant de croquer un canari, ne parut nullement déçu par cette réponse.

— Et ces milliards d'entités astrales sont parmi nous en permanence, mais à l'état invisible, c'est bien cela ?

— Oh ! non. Nous sommes très peu nombreux à rester sur terre. Et parmi ceux qui restent, encore moins nombreux sont ceux qui entretiennent des rapports quelconques avec des êtres humains. Nous trouvons la plupart des hommes fort ennuyeux.

— Enfin, d'après vous, combien peut-il y avoir d'entités astrales sur terre ? Cent mille ?

— Peut-être même plus. Mais c'est une bonne estimation.

Turnbull les interrompit soudainement.

— J'aimerais qu'on m'explique le sens de toutes ces questions. Je m'oppose à l'orientation donnée à l'interrogatoire — elle est tout à fait hors de propos.

Wilson se drapa dans sa dignité de juriste et rétorqua :

— J'essaie de mettre en lumière certains faits

d'une importance capitale, monsieur le Président. Ils sont susceptibles de modifier toute la physionomie de cette affaire. Je vous demande de bien vouloir patienter quelques instants encore.

— L'avocat de la défense peut poursuivre son interrogatoire, dit Gimbel sèchement.

Wilson eut un sourire qui laissa apparaître ses canines. Il s'adressa de nouveau aux gouttes de sang qui tombaient devant lui.

— Voyons. Votre avocat voudrait nous faire croire que feu M. Harley aurait, en parfaite connaissance de cause, autorisé une « entité astrale » à habiter sous son toit pendant vingt ans ou plus. Cela me paraît pour le moins invraisemblable, mais admettons un instant, voulez-vous, que ce soit le cas.

— Mais certainement ! C'est la vérité !

— Dans ce cas, répondez-moi, monsieur Jenkins. Avez-vous des doigts ?

— Est-ce que j'ai des — quoi ?

— Vous m'avez parfaitement entendu ! aboya Wilson. Avez-vous des doigts, des doigts en chair et en os, capables de faire une empreinte digitale ?

— Eh bien, non, je...

Wilson continua sur sa lancée.

— Ou possédez-vous une photo d'identité, ou des échantillons de votre écriture — ou toute autre preuve matérielle de votre identité ? Avez-vous l'une quelconque des preuves que je viens d'énumérer ?

La voix avait un accent nettement plaintif lorsqu'elle répondit :

— Qu'est-ce que vous voulez dire ?

La voix de Wilson se fit dure, menaçante.

— Je veux dire ceci : êtes-vous en mesure de prouver que *vous* êtes l'entité astrale qui est supposée avoir occupé la maison de Zebulon Harley ? Était-ce vous, ou était-ce un autre de ces êtres impalpables, sans forme et sans visage — l'un des centaines de milliers de ceux qui, de votre propre aveu, peuplent la surface de la Terre, allant et venant à leur guise, se riant des serrures et des barreaux ? Êtes-vous en mesure de prouver que *vous* êtes quelqu'un en particulier ?

— Monsieur le Président ! glapit Turnbull d'une voix de fausset comme il parvenait finalement à se lever. L'identité de mon client n'a jamais été mise en question !

— Elle l'est maintenant, fulmina Wilson. L'avocat de la partie adverse nous a présenté un personnage dont il nous dit qu'il s'appelle Henry Jenkins. Qui est ce Jenkins ? Est-il seulement un individu — ou bien une agrégation, un assemblage de ces mystérieuses « entités astrales » qui, s'il faut en croire le témoin, sont partout, mais qu'on ne voit jamais ? S'il est un individu, est-il l'individu qu'il prétend être ? Certes, il jure ses grands dieux qu'il l'est, mais comment pouvons-nous vérifier la véracité de ses dires ? Qu'il nous fournisse des preuves — des photos, un extrait de naissance, des empreintes digitales. Qu'il nous amène deux témoins ayant connu les deux fantômes et qui sont prêts à attester sous la foi du serment que ces deux fantômes ne sont qu'un seul et même fantôme.

Faute de quoi, il n'y a pas de procès. Monsieur le Président, je demande que la cour statue séance tenante en faveur du défendeur !

Le juge Gimbel fixa Turnbull.

— Avez-vous quelque chose à répondre ? demanda-t-il. L'argument de la défense semble inattaquable. À moins que vous ne puissiez fournir une preuve de l'identité de votre client, je n'ai pas d'autre choix que de rendre un verdict en faveur de la défense.

L'espace d'un instant, il y eut comme un tableau vivant. Wilson triomphant, Turnbull en proie à une rage impuissante.

Comment identifie-t-on un fantôme ?

C'est alors que la voix calme et vaguement amusée émanant du siège des témoins rompit le silence.

— La plaisanterie a assez duré, dit-elle assez fort pour dominer de la voix le grésillement que provoquait son hémorragie. Je crois être en mesure de fournir une preuve qui donnera toute satisfaction à la cour.

Le visage de Wilson se rembrunit à une allure record. Turnbull retint son souffle, n'osant nourrir de faux espoirs.

— Vous êtes sous serment, rappela le juge Gimbel. Parlez.

N'était la voix, on aurait pu entendre voler une mouche dans la salle d'audience.

— M. Harley, ici présent, a parlé d'un séjour qu'il a fait chez son oncle en 1938. Je puis m'en porter garant. Ils passèrent une journée et une nuit ensemble. Ils n'étaient pas seuls. J'étais avec eux.

Tous les regards étaient fixés sur le témoin. Mais si à cet instant quelqu'un avait regardé Russell Harley, il n'aurait pas pu ne pas remarquer la pâleur mortelle qui avait envahi tout à coup son visage.

Implacable, la voix poursuivait :

— Peut-être n'aurais-je pas dû écouter aux portes comme je l'ai fait, mais de toute façon, ce bon vieux Zeb n'avait pas de secrets pour moi. J'ai écouté leur conversation. Le jeune Harley travaillait à l'époque pour une banque de Philadelphie. Son premier emploi important. Il avait un besoin pressant d'argent, car il y avait un trou dans la comptabilité de son service. Une jeune femme nommée Sally...

— Un instant ! cria Wilson. Cela n'a rien à voir avec la preuve que vous devez faire de votre identité. Tenez-vous-en aux faits pertinents.

Mais Turnbull avait commencé à comprendre. Il criait, lui aussi, dans un état de surexcitation qui rendait ses paroles presque incohérentes.

— Monsieur le Président, mon client doit avoir le droit de parler ! S'il peut rapporter une conversation intime ayant eu lieu entre feu M. Harley et le défendeur, c'est une preuve irréfutable, il me semble, qu'il bénéficiait de toute la confiance de Zebulon Harley, et, par voie de conséquence, qu'il n'est autre que l'entité astrale qui a occupé Harley Hall si longtemps !

Gimbel fit un bref signe de tête.

— Je rappelle à l'avocat de la défense qu'il

s'agit de son propre témoin. Monsieur Jenkins, continuez, je vous prie.

— Comme je le disais, reprit la voix, la jeune femme s'appelait...

— Assez ! Taisez-vous, bon Dieu ! cria Harley.

Il se leva d'un bond et se tourna vers le juge d'un air suppliant.

— Il dénature tout ! Faites-le taire ! Sûr que je savais que mon oncle avait un fantôme. C'est bien lui, que le diable l'emporte ! Il peut garder la maison s'il veut — je lui cède la place. Je m'en vais. Je quitte ce fichu État, et vous pouvez être certains que je n'y remettrai jamais plus les pieds !...

Ses paroles se perdirent dans un bredouillement incohérent et il se mit à s'agiter d'une façon désordonnée. Seule l'intervention d'un gardien l'empêcha de quitter la salle d'audience en courant.

Les coups de maillet frénétiques et les admonestations réitérées du greffier et de ses adjoints finirent par ramener l'ordre dans la salle. Lorsque l'assistance se fut calmée, le juge Gimbel annonça, transpirant et quelque peu agacé :

— En ce qui me concerne, l'identification du témoin est acquise. La défense a-t-elle d'autres arguments à faire valoir ?

Wilson haussa les épaules d'un air découragé.

— Non, monsieur le Président.

— L'avocat du plaignant ?

— Non, monsieur le Président. Ma plaidoirie est terminée.

Gimbel passa la main dans sa chevelure clairsemée et cligna des yeux.

— Dans ce cas, dit-il, j'adjuge au demandeur ses conclusions. La présente cour rend un arrêt par lequel le défendeur, Russell Joseph Harley, est tenu de libérer Harley Hall et les terrains attenants de tous les sorts, pentagrammes, talismans et autres formes d'exorcisme qui en barrent l'accès ; de s'abstenir à l'avenir de prendre des mesures, de quelque nature qu'elles soient, visant à expulser le demandeur ; et par lequel est reconnu à Henry Jenkins, le plaignant, le droit d'occuper librement la résidence connue sous le nom de Harley Hall, et ce jusqu'au terme de son — euh — existence naturelle.

Le maillet s'abattit sur le bureau.

— Les débats sont clos. L'audience est levée.

— Ne faites donc pas cette tête, dit une voix plaisante derrière Russell Harley.

Il fit hargneusement volte-face. Nicholls remontait la rue derrière lui, venant du palais de justice, suivi de près par Wilson.

— Vous avez perdu votre procès, fit remarquer Nicholls, mais vous n'avez pas perdu la vie. Je vous invite tous les deux à prendre un verre. Tenez, ici, par exemple.

Il les entraîna dans un bar et les obligea à s'asseoir sans leur laisser le temps de protester. Puis il consulta sa montre luxueuse et dit :

— J'ai quelques minutes devant moi. Ensuite il faudra vraiment que je me sauve. C'est urgent.

Il appela le serveur et commanda pour tout le monde. Puis il regarda le jeune Harley et son visage se fendit en un large sourire tandis qu'il posait un billet sur le comptoir pour payer les consommations.

— Harley, dit-il, j'ai une devise dont vous feriez bien de vous souvenir en des moments pareils. Je vous en fais cadeau, si vous voulez.

— Qu'est-ce que c'est ?

— « Les ennuis ne font jamais que commencer. »

Harley émit un grognement et vida son verre sans répondre.

— Ce que je n'arrive pas à comprendre, dit Wilson, c'est pourquoi ils ne sont pas venus me voir avant le procès pour me dire ce qu'ils savaient sur ce charmant petit escroc que vous m'avez refilé comme client. Nous aurions été obligés de régler cette affaire à l'amiable.

Nicholls haussa les épaules.

— Ils avaient leurs raisons, dit-il. Après tout, une affaire d'exorcisme, ce n'est pas en soi très important, mais les procès créent des précédents. Vous êtes plus ou moins avocat, Wilson ; vous voyez ce que je veux dire.

— Des précédents ?

Wilson le regarda bouche bée pendant un instant, puis il écarquilla les yeux.

— Je vois que vous me comprenez.

Nicholls hocha la tête.

— Dorénavant, dans cet État, et, en vertu de la constitution, dans *tous* les États du pays, un fantôme a légalement le droit de hanter une maison !

— Nom de Dieu ! dit Wilson.

Il se mit à rire, non pas aux éclats, mais d'un rire

silencieux, profond, qui venait du fond de sa poitrine.

Harley regardait fixement Nicholls.

— Une fois pour toutes, chuchota-t-il, quelle est votre position dans toute cette affaire ?

Nicholls sourit à nouveau.

— Réfléchissez-y un moment, dit-il d'une voix dégagée. Vous commencerez à comprendre.

Il huma son vin encore une fois, puis reposa doucement son verre...

Et se volatilisa.

Comme j'ai déjà eu l'occasion de le dire, je n'avais jamais été un lecteur assidu de *Weird Tales*, et le genre de récit qu'ils publiaient ne me passionnait pas outre mesure. En 1950, toutefois, lorsque *Legal Rites* fut finalement publié, *Weird Tales* touchait à la fin de ses trente années d'existence, et je suis plutôt satisfait d'avoir figuré au moins une fois à son sommaire avant sa disparition, ne fût-ce que comme cosignataire d'un travail commun. C'était le récit le plus long du numéro, et il eut les honneurs de la couverture.

Legal Rites et *The Little Man on the Subway* sont les seules nouvelles que j'aie jamais écrites en collaboration avec quelqu'un, et je ne peux pas dire que cela m'ait laissé des souvenirs mémorables.

Plus tard, je devais être amené à collaborer à la rédaction de quatre ou cinq ouvrages scientifiques, et à cela non plus, je ne pris pas un plaisir particulier — d'ailleurs, aucun de ces ouvrages n'eut de succès véritable.

Je préfère faire cavalier seul — c'est plus conforme à ma nature, et j'aime assumer toute la responsabilité de ce que j'écris.

Pour ce qui concerne *Legal Rites*, je crois me souvenir que le début est essentiellement le fruit des remaniements de Pohl, et que la scène du procès est due à ma plume. Quant à la fin... je ne m'en souviens plus.

Le fantastique-fantaisiste n'était pas le seul genre auquel je m'essayais avec une belle obstination mais sans beaucoup de succès. Les récits carrément burlesques m'attiraient également. Je ne réussis jamais à faire accepter l'un ou l'autre à Campbell, mais j'eus au moins la consolation de voir une de mes nouvelles — correspondant au second de ces genres — publiée dans une autre revue que la sienne.

Parallèlement à *Legal Rites*, je travaillais sur un autre récit de robots, mais un récit humoristique — ou du moins qui correspondait à l'idée que je me faisais de l'humour. Je l'intitulai *Source of Power* et ne perdis pas mon temps à le soumettre à Campbell. Je l'envoyai directement à *Thrilling Wonder*, et quand l'équipe de cette revue le refusa, je me rabattis sur *Amazing*.

Amazing l'accepta le 8 octobre 1941 — c'était la

première fois depuis l'époque héroïque de mes débuts qu'ils acceptaient de publier une de mes nouvelles. Lorsqu'elle fit son apparition dans les kiosques (deux jours seulement après Pearl Harbor), dans le numéro de février 1942, je découvris que *Amazing* l'avait rebaptisée *Robot AL-76 Goes Astray*.

Bien que *Robot AL-76 Goes Astray* fît partie de la série des « robots positoniques », il ne ressemblait pas vraiment aux trois autres récits que j'avais écrits jusque-là. Lorsqu'en 1950 je sélectionnai les récits destinés à faire partie de *I, Robot*, mon premier recueil de nouvelles de la série des robots positoniques, je laissai de côté *Robot AL-76 Goes Astray*. Toutefois, lorsqu'en 1964 on me demanda de rassembler les récits devant constituer *The Rest of the Robots*, je me sentis tenu par le titre, si ce n'est par autre chose, et mis un point d'honneur à y faire figurer tous les récits de robots positoniques publiés qui restaient, sans exception. C'est ainsi que *Robot AL-76 Goes Astray* fit partie de ce volume.

Le 1er août 1941 (*Robot AL-76 Goes Astray* était encore en chantier et n'avançait que très lentement, car j'étais très préoccupé par l'invasion de l'Union soviétique par les nazis) est une date qui marque un autre tournant dans ma carrière d'écrivain. J'allai rendre visite à Campbell ce jour-là, et comme je ne voulais pas arriver les mains vides, sans idée à lui proposer, je me creusai les méninges dans le métro qui m'amenait à son bureau.

Le refus que j'avais essuyé avec *Pilgrimage* (qui devait bientôt paraître sous le titre *Black Friar of the Flame*) m'était resté sur le cœur, et je voulais écrire un autre récit de politique fiction. Je lui proposai donc l'idée d'un court récit ayant pour toile de fond la lente décadence de l'Empire galactique (que j'avais ouvertement l'intention de copier sur le déclin de l'Empire romain).

Campbell se montra emballé par mon idée. Nous passâmes deux heures à en parler. Au cours de cette discussion, il fut décidé que ce ne serait pas une simple nouvelle, mais un récit composé d'une série illimitée d'épisodes relatant la chute du premier Empire galactique et la montée du second.

Je soumis *Foundation*, le premier récit de la série, à Campbell le 8 septembre 1941, et il l'accepta le 15 du même mois. Il parut dans le numéro de mai 1942 de *Astounding*.

Au cours des huit années qui suivirent, j'allais écrire sept autres récits de ce qui allait être connu sous le nom de la série des *Fondation*, et ceux-ci furent finalement rassemblés dans trois volumes intitulés respectivement *Foundation*, *Foundation and Empire*, et *Second Foundation*, volumes qui reçurent collectivement le nom de *Trilogie des Fondations*.

De toutes mes œuvres de science-fiction, ce sont elles qui connurent le plus grand succès. Publiées respectivement pour la première fois en 1951, 1952 et 1953, elles ont été constamment rééditées depuis dans leur édition originale, malgré l'apparition de multiples éditions en format de poche. Et en 1966, au XXIVe Congrès mondial de la science-fiction qui s'est tenu à Cleveland, la série des *Fondation* se vit décerner le Hugo (l'équivalent pour la science-fiction de l'Oscar cinématographique) de la « meilleure série de tous les temps ».

Après *Foundation*, je me lançai pour la première fois en six mois dans un récit sérieux de robot positonique. Celui-ci, *Runaround*, fut soumis à Campbell le 20 octobre 1941, et il l'accepta le 23 du même mois. Il fut publié dans le numéro de mars 1942 de *Astounding*, et plus tard figura au sommaire de *I, Robot*.

Il me fallut ensuite me mettre rapidement au travail pour donner une suite à *Foundation*. *Foundation* avait une fin en points de suspension, puisque nous étions convenus d'en faire une espèce de « roman-feuilleton », et je devais respecter mes engagements. Le 17 novembre, je soumis *Bridle and Saddle*, le deuxième récit de la série des *Fondation* à Campbell, qui me signifia son acceptation le même jour — établissant ainsi un record de célérité. C'était, de surcroît, le plus long récit que j'avais jamais écrit — il comptait 18 000 mots — et bien que Campbell ne m'accordât pas de prime, le chèque que je reçus, d'un montant de 180 dollars, était le plus gros chèque que j'eusse jamais touché jusqu'à ce jour. *Bridle and Saddle* fut plus tard inclus dans le volume intitulé *Foundation*.

J'avais enfin, parallèlement à ma série de courtes nouvelles sur les robots positoniques, une série de *longs récits* en train.

Le 17 novembre 1941, le jour où je soumis *Bridle and Saddle*, Campbell me fit part de son projet d'ouvrir une nouvelle rubrique dans *Astounding* qui devait s'appeler « Probabilité Zéro ». Sous cette rubrique devaient être publiés exclusivement des récits très courts — entre 500 et 1 000 mots — dont l'idéal était qu'ils fussent aussi plausibles et aussi divertissants que les mensonges du baron de Münchausen. Campbell partait du principe que, outre leur valeur divertissante, ces petits récits offraient l'avantage de fournir un tremplin aux débutants en leur permettant de se faire une place sur le marché sans trop avoir à subir la concurrence des écrivains établis. La rubrique devait en quelque sorte servir de marchepied à ceux qui aspiraient à devenir des écrivains professionnels.

Du point de vue théorique, c'était une bonne idée, et elle donna même quelques résultats. Ray Bradbury, qui était promis à devenir l'un des plus célèbres et des plus lus de tous les écrivains de science-fiction, commença sa fabuleuse carrière par une petite nouvelle publiée sous la rubrique « Probabilité Zéro » dans le numéro de juillet 1942 de *Astounding*. Hal Clement et George O. Smith publièrent eux aussi des récits sous cette rubrique au tout début de leur carrière.

Malheureusement, l'idée ne marcha pas *suffisamment* bien. Campbell dut faire appel à des professionnels pour lancer sa rubrique, en espérant que les amateurs prendraient la relève lorsqu'ils comprendraient quel but il poursuivait. Il n'y eut toutefois jamais assez d'amateurs capables de satisfaire aux exigences de Campbell, même dans le genre des récits ultra-courts plutôt fantaisistes, et après onze parutions échelonnées sur deux ans et demi, Campbell abandonna la rubrique «Probabilité Zéro». J'étais très flatté à l'idée qu'il me considérait arrivé à un degré de virtuosité tel qu'il n'hésitait pas à me commander un travail «sur mesure». Je me mis à ma machine à écrire sans perdre de temps et pondis un récit ultra-court intitulé *Big Game*. Le 24 novembre 1941, je le montrai à Campbell. Il le parcourut rapidement, et à ma grande surprise me le rendit en disant que ce n'était pas ce qu'il cherchait.

J'aimerais bien pouvoir me rappeler de quoi parlait *Big Game*, car j'en pensais assez de bien pour le soumettre, en 1944, à la revue *Collier's* (une publication super-sophistiquée sur papier glacé), qui bien sûr la refusa. Le titre, en tout cas, n'évoque en moi rien de précis, et le récit n'existe plus.

Je fis une seconde tentative et écrivis un petit récit humoristique de robot positonique intitulé *First Law*. Je le montrai à Campbell le 1er décembre, mais celui-là non plus ne fut pas de son goût. Cette fois, cependant, je ne jetai pas la nouvelle au panier. Dieu merci, j'avais fini par apprendre que les récits devaient être soigneusement conservés pour la postérité, aussi souvent qu'ils eussent été refusés, et si convaincu qu'on fût qu'ils pourriraient au fond d'un tiroir. *Big Game* fut la onzième de mes nouvelles à disparaître, mais ce fut aussi la *dernière*.

Quant à *First Law*, il vint un jour où une revue qui n'existait pas en 1941 me demanda une nouvelle. Son rédacteur en chef, M. Hans Stefan Santesson, me proposa des conditions qui m'auraient paru avantageuses en 1941, mais qui au milieu des années 50 me frappèrent comme étant plutôt maigres. Je me souvins de *First Law*, toutefois, et lui envoyai. Santesson l'accepta et publia la nouvelle dans le numéro d'octobre de *Fantastic Universe*. Par la suite, il fit partie du recueil *The Rest of the Robots*.

Mais revenons à « Probabilité Zéro ». Je fis une troisième tentative avec un récit intitulé *Time Pussy*, que j'écrivis le matin du dimanche 7 décembre 1941, et que je terminai juste avant que la radio annonce à grand bruit l'incroyable nouvelle de l'attaque de Pearl Harbor. Je l'apportai à Campbell le lendemain (eh oui, la vie continue !) et cette fois, il l'accepta — « sans grand enthousiasme », s'il faut en croire mon journal.

Chrono-minets

Cette histoire m'a été racontée par le vieux Mac, qui vivait dans une cabane près de chez nous, de l'autre côté de la colline. Il avait été prospecteur minier dans les astéroïdes pendant la ruée de 37, et passait maintenant le plus clair de son temps à nourrir ses sept chats.

— Comment se fait-il que vous aimiez tant les chats, monsieur Mac ? lui demandai-je un jour.

Le vieux mineur me regarda et se gratta le menton.

— Ben vois-tu, dit-il, y'm'rappellent les p'tites bêtes que j'avais sur Pallas. Y ressemblaient un peu à des chats — z'avaient un peu la même tête — et c'étaient les bestioles les plus futées qu'on ait jamais vues. Sont toutes mortes maintenant.

Je lui dis que cela me faisait de la peine, et c'était vrai. Mac poussa un soupir.

— Des bestioles futées comme tout, répéta-t-il. C'étaient des minets quadridimensionnels.

— Quadridimensionnels, monsieur Mac ? Mais la quatrième dimension, c'est le temps.

On m'avait expliqué ça l'année précédente, en classe de dixième.

— On vous en apprend des choses à l'école, hein ?

Il sortit sa pipe et entreprit de la bourrer lentement.

— Eh oui, la quatrième dimension, c'est le temps. Ces minets dont j'te cause, y z'avaient à peu près trente centimètres de long, quinze centimètres de haut et dix de large, et ils s'étendaient jusque vers le milieu de la semaine prochaine. Ça leur fait quatre dimensions, pas vrai ? Tiens, si on leur caressait la tête, y remuaient pas la queue avant le lendemain. Et les plus gros, y en avait qui la remuait pas avant le surlendemain. C'est pas des blagues !

J'eus l'air sceptique, mais ne dis rien.

— C'étaient aussi les meilleurs p'tits chiens de garde qu'on puisse trouver, poursuivit Mac. Fallait bien. Tiens, s'y repéraient un voleur ou un quidam pas régulier, y criaient comme des putois. Et quand y en avait un qui repérait un voleur aujourd'hui, y criait hier, comme ça on était averti vingt-quatre heures à l'avance à chaque fois.

J'en restai bouche bée.

— Non ?

— Parole d'honneur ! Et tu veux savoir comment on faisait pour leur donner à manger ? On attendait qu'y s'endorment, et comme ça on savait qu'y z'étaient occupés à digérer leur repas. Ces p'tits minets, y digéraient leurs repas exactement trois heures avant que de le manger, parce que leur estomac mesurait trois heures. Alors comme ça, quand ils s'endormaient, on regardait l'heure, on préparait leur repas, et on leur donnait exactement trois heures plus tard.

Mac avait allumé sa pipe et en tirait de petites bouffées satisfaites. Il secoua tristement la tête.

— Note bien qu'une fois, je me suis trompé. Pauvre p'tit chrono-minet ! Il s'appelait Joe, et c'était mon préféré, en plus. Il s'était endormi un matin à 9 heures, et j' sais pas pourquoi, mais je me suis imaginé qu'il était 8 heures. Évidemment, je lui ai apporté sa pitance à 11 heures. Je l'ai cherché partout, mais je l'ai pas trouvé.

— Qu'est-ce qui s'était passé, monsieur Mac ?

— Ben, on pouvait pas s'attendre à ce que l'estomac d'un chrono-minet arrive à ingurgiter son petit déjeuner *deux heures* seulement après l'avoir digéré. Ce serait trop lui demander. J' l'ai finalement retrouvé sous la boîte à outils, dans l'appentis. Y s'était traîné jusque-là et il était mort d'indigestion une heure avant. Pauv' tite bête ! Après ça, je me suis débrouillé pour installer un système de sonnerie, et je n'ai jamais refait la même bêtise.

Suivit un bref silence chargé de mélancolie, et je repris en baissant respectueusement la voix :

— Vous avez dit, avant, qu'ils étaient tous morts. Ils ont tous été tués comme ça ?

Mac secoua solennellement la tête.

— Non ! Nous leur refilions nos rhumes et ils en mouraient entre une semaine et dix jours avant de les attraper. Y' z'étaient déjà pas très nombreux au départ, et un an après que les mineurs se soient installés sur Pallas, on pouvait les compter sur les doigts des deux mains, et ceusse qui restaient n'avaient pas très bonne mine. Mais vois-tu, p'tit gars, le problème, c'est que quand y mouraient, y s'en allaient en morceaux, y se putréfiaient à vue d'œil. Surtout le petit organe quadridimensionnel qu'y' z'avaient dans le cerveau et qui les faisait se comporter comme ça. Ça nous a coûté des millions de dollars, c't' affaire-là.

— Comment cela, monsieur Mac ?

— Vois-tu, y'a des savants, ici, sur terre, qui avaient entendu parler de nos p'tits chrono-minets, et y savaient qu'y seraient tous morts avant qu'y puissent profiter de la prochaine conjonction pour aller les étudier sur place. Alors y nous ont proposé un million de dollars pour chaque chrono-minet qu'on arriverait à conserver pour eux.

— Et vous l'avez fait ?

— Ben, on a essayé, mais y voulaient pas se conserver. Une fois qu'y z'étaient morts, y valaient plus rien, et on devait les enterrer. On a essayé de les garder dans de la glace, mais ça ne faisait que protéger l'extérieur. L'intérieur était tout pourri, et c'était l'intérieur qu'y voulaient, les savants.

« 'turellement, comme chaque fois qu'on perdait un chrono-minet ça nous coûtait un million de dollars, on voulait éviter que ça arrive. L'un de nous a pensé que si on plongeait un chrono-minet dans l'eau quand il était sur le point de mourir, y serait complètement imbibé. Comme ça, une fois qu'y serait mort, on n'aurait plus qu'à geler l'eau pour que le tout ne soye plus qu'un seul bloc de glace. Comme ça, au moins, y se conserverait. »

Je le regardai, stupéfait.

— Ça a marché ?

— C'est pas faute d'avoir essayé, fiston, mais on arrivait tout simplement pas à congeler l'eau assez vite. Le temps que l'eau gèle, le p'tit truc dans le cerveau des chrono-minets s'était déjà décomposé. On congelait l'eau de plus en plus vite, mais y avait rien à faire. Finalement, on s'est retrouvé avec un seul chrono-minet, le dernier, et il était su' l'point de mourir, lui aussi. On était désespéré. Et puis l'un des gars a eu une idée. Il a fabriqué un engin compliqué qui gèlerai l'eau comme ça — en une fraction de seconde.

« On a pris la dernière 'tite bête et on l'a plongée dans l'eau chaude, et puis on a branché l'appareil. Le p'tit animal nous a regardés une dernière fois, il a fait un drôle de p'tit bruit, et il est mort. On a pressé le bouton et on a congelé le tout en moins d'un quart de seconde. »

Et Mac de pousser un soupir qui devait peser une tonne.

— Mais ça n'a servi à rien. Le chrono-minet s'est putréfié en moins d'un quart d'heure et on a perdu notre dernière chance de gagner un million de dollars.

Je retins mon souffle.

— Mais monsieur Mac, vous venez de dire que vous avez gelé l'eau en moins d'un quart de seconde. Il n'a pas pu avoir le *temps* de se putréfier.

— Tout le problème est là, p'tit gars, dit-il pesamment. On l'a fait *trop* rapidement. Le chrono-minet ne s'est pas conservé parce qu'on a gelé cette eau chaude si fichtrement vite que *la glace était encore tiède !*

Ce qui rend cette courte nouvelle inhabituelle, c'est qu'elle ne fut pas publiée sous mon nom. Campbell voulait qu'un des récits de ce « Probabilité Zéro » paraisse être l'œuvre d'un amateur, dans l'espoir que cela encouragerait les débutants à se lancer. Il avait trois récits pour inaugurer cette rubrique, et les deux autres étaient respectivement de L. Sprague de Camp et de Malcolm Jameson. Ils avaient tous les deux l'avantage sur moi, du double point de vue de l'ancienneté et (malgré *Nightfall*) de la célébrité. Étant le moins illustre des trois, c'est à moi que revint la charge d'écrire sous un pseudonyme afin de passer pour un néophyte.

Je comprenais les raisons invoquées par Campbell, et j'acceptai avec peut-être un rien de dépit. Je signai la nouvelle du nom de George E. Dale. C'est la seule fois où j'ai utilisé un pseudonyme dans une revue. Des années plus tard, je devais signer six romans de science-fiction pour adolescents du pseudonyme de Paul French, pour de tout autres raisons. C'était un cas assez particulier, et en 1971 et 1972, ces six romans parurent en format de poche sous mon vrai nom. Avec la publication, dans le présent ouvrage, et sous mon propre nom, de *Time Pussy*, est enfin rendu à César tout ce qui est de César.

Suivit alors un trou de deux mois pendant lequel je n'écrivis rien.

Il y avait deux raisons à cela. Tout d'abord, Pearl Harbor entraîna les États-Unis dans la guerre le jour même où j'écrivis *Time Pussy*, et les deux mois qui suivirent la débâcle furent trop désastreux et trop décourageants pour que l'envie me prît d'écrire quoi que ce fût.

Et comme si cela en soi n'était pas suffisant, le moment était de nouveau venu pour moi de passer les examens éliminatoires qui me donneraient — ou ne me donneraient pas, suivant le cas — le droit d'entreprendre des recherches pour ma thèse de doctorat. Je me sentais vraiment au bord du précipice. Si j'étais recalé une seconde fois, c'en serait sans doute fait de mes études à Columbia. Aussi, pendant les deux heures que je ne passais pas à aider mon père au magasin ou à écouter les bulletins d'information à la radio, je devais réviser en vue de mes examens. Je n'avais guère le temps de faire quoi que ce fût d'autre.

Pris de panique à la pensée que je pourrais de nouveau être recalé, je me ménageai une solution de rechange en m'inscrivant à l'université de la ville de New York. Après avoir passé mes examens éliminatoires à la fin du mois de janvier 1942, j'assistai même à quelques cours à la N.Y.U. en attendant les résultats. Mais je ne veux pas vous faire languir. Le vendredi 13 février, les résultats furent affichés. Cette fois, j'étais reçu.

Entre le moment où je passai les examens et le moment où les résultats furent connus, je réussis à écrire *Victory Unintentional.* C'était un récit de robot positonique qui devait donner une suite à *Nightfall* (qui n'était pas, lui, un récit de robot positonique). De toute évidence, j'essayais d'exploiter au maximum l'idée des « feuilletons » dans l'espoir que cela me garantirait un écoulement plus facile de ma production littéraire.

Je soumis la nouvelle à Campbell le 9 février 1942, et, si tant est que je le croyais incapable de refuser un récit constituant un épisode de feuilleton, je perdis bien vite mes illusions. Et *Nightfall* et la série des *Fondation* ne l'impressionnaient pas au point qu'il se crût obligé de prendre des gants pour me signifier son refus.

Le 13 février, le jour même où j'entrai dans le cercle restreint de ceux qui avaient le droit d'entreprendre des recherches en laboratoire pour leur doctorat, mon enthousiasme fut quelque peu refroidi lorsque je reçus par la poste *Victory Unintentional*, accompagné d'une note assez sibylline de refus qui consistait, en tout et pour tout, en la formule suivante ;

$$CH_3C_2CH_2CH_2SH$$

Campbell savait très bien que c'était la formule chimique du « butyle mercaptan », qui donne aux putois leur odeur particulière, et je le savais très bien aussi, et Campbell savait très bien que je le savais.

Qu'importe ! Je réussis tout de même à lui trouver un acquéreur en la personne du rédacteur en chef qui avait succédé à Pohl à la direction de *Super Science Stories*. Il l'accepta le 16 mars 1942 et la nouvelle parut dans le numéro d'août 1942 de cette publication. Je ne l'inclus pas dans *I, Robot*, mais par la force des choses, elle figura au sommaire de *The Rest of the Robots*.

Suivit alors une deuxième période improductive, la plus longue que je devais jamais connaître. Une fois *Victory Unintentional* terminé, quatorze mois (!) devaient s'écouler avant que je me remisse à la machine à écrire. Non pas que je fusse en mal d'inspiration, bien sûr, car cela, par bonheur, ne m'est jamais arrivé, mais c'était plutôt dû à trois changements importants qui eurent lieu presque simultanément à cette époque et qui devaient bouleverser ma vie.

Le premier changement résidait dans le fait que j'avais entrepris des recherches sérieuses en chimie sous la direction du professeur Charles R. Dawson. Ce n'est pas une petite affaire que d'être chercheur, et malgré le temps que j'y consacrais, je devais me débrouiller pour continuer à aider mon père au magasin — ce qui ne me laissait guère le temps d'écrire.

Et comme si cela ne suffisait pas, un deuxième changement se produisit au même moment...

En janvier 1942, je m'inscrivis à un cercle appelé *The Brooklyn Writer's Club* qui m'avait envoyé une carte d'invitation. J'interprétai la chose comme une reconnaissance quasi officielle de mon statut d'« écrivain », et je n'aurais pas décemment pu refuser.

La première réunion à laquelle j'assistai se tint le 19 janvier 1942, et je passai un moment assez agréable. Je n'étais que trop heureux de saisir l'occasion qui m'était offerte de penser à autre chose qu'à mes examens et aux désastres de la guerre (je me souviens toutefois avoir passé une partie de cette première soirée à discuter de l'éventualité d'un bombardement de New York).

Dans leur majorité, les membres du club n'avaient guère derrière eux une carrière plus longue que la mienne, et j'étais le seul auteur de science-fiction du groupe. L'activité principale consistait à lire en public nos propres manuscrits et à inviter les uns et les autres à formuler leurs critiques. Comme on s'aperçut rapidement que je lisais « avec le ton », on me nomma « premier lecteur » — fonction que je trouvais plutôt agréable, à dire vrai. (Je ne découvris que huit ans plus tard que j'avais une éloquence naturelle qui me prédestinait à la chaire du conférencier.)

Le 9 février 1942, lors de la troisième réunion à laquelle je participai, je fis la connaissance d'un jeune homme, Joseph Goldberger, que je voyais pour la première fois au club. Il était de deux ans mon aîné. Ce fut moi qui donnai lecture de la plupart des textes ce jour-là, et il se montra suffisamment impressionné pour proposer, à la fin de la séance, que nous sortions ensemble un soir accompagnés de nos petites amies pour faire plus ample connaissance. Un peu embarrassé, je dus lui expliquer que je n'en avais pas. Avec un geste large, il me dit qu'il m'en trouverait une.

Et il tint parole. Le 14 février 1942 (le jour de la Saint-Valentin et le lendemain de la publication de mes résultats) je le retrouvai à l'hôtel Astor à 20 h 30. Il était accompagné de son flirt, qui avait amené sa meilleure amie, Gertrude Blugerman, dont j'avais accepté d'être le cavalier sans l'avoir jamais rencontrée. Je tombai amoureux d'elle, et à partir de ce jour-là, quand je ne pensais pas à mon travail de recherche, je pensais à elle.

Mais il y eut également un troisième changement — à maints égards le plus important de tous.

Avec la guerre, la situation sur le marché du travail changea brusquement : on demandait un peu partout des hommes ayant une formation technique, quelle qu'elle fût.

Robert Heinlein, par exemple, était un ingénieur qui avait été formé à Annapolis. Officier de marine, il avait été mis en congé d'activité illimité pour raisons de santé, mais ses relations d'Annapolis lui avaient permis d'obtenir un poste d'ingénieur civil à la Station expérimentale de l'aéronavale des chantiers de la U.S. Navy à Philadelphie. Il tentait de constituer une équipe de techniciens qualifiés, et cherchait particulièrement à recruter ceux-ci — dans la mesure du possible — parmi ses confrères écrivains de science-fiction.

Il persuada ainsi L. Sprague de Camp à venir travailler avec lui au N.A.E.S., et le 30 mars 1942, je reçus une lettre des chantiers navals me proposant de faire partie de son équipe.

Lorsque je me suis assigné un but, l'atteindre devient chez moi une idée fixe, et comme j'avais déjà passé un an et demi à préparer mon doctorat, rien n'aurait pu me faire abandonner mon projet excepté un cas de force majeure. Mais voilà — le cas de force majeure existait bel et bien. J'étais amoureux, et le désir de me marier l'emportait chez moi sur le désir, pourtant fort, de décrocher mon doctorat. Je m'avisai alors que je pourrais suspendre mes recherches avec la bénédiction de la faculté en raison de l'état d'urgence créé par la guerre, et que je pourrais obtenir la permission de les poursuivre après la fin des hostilités. Et le fait de prendre un emploi et de suspendre — je dis bien de *suspendre* — mes recherches me permettrait de me marier.

Je me rendis à Philadelphie le 10 avril pour une entrevue, et satisfis apparemment à leurs exigences. J'acceptai le poste qu'on m'offrit, et le 14 mai, après avoir enfin quitté la confiserie de mon père pour ne plus jamais y revenir (du moins en tant qu'employé), j'allai m'installer à Philadelphie. Heureusement, Philadelphie n'était qu'à une heure et demie de New York par le train (à cette époque, je ne savais pas encore conduire, et l'aurais-je su que cela ne m'aurait servi à rien, puisque je n'aurais pu me procurer l'essence nécessaire en raison du rationnement). Je venais donc passer tous mes week-ends à New York.

C'est vers le 24 du mois que j'arrivai à convaincre Gertrude de m'épouser, et nous nous mariâmes le 26 juillet.

Cela ne me gêna guère de ne rien écrire pendant ces mois-là. J'avais l'esprit occupé par trop de choses — tout d'abord la guerre ensuite mes recherches, mon emploi, et enfin non mariage.

D'ailleurs, jusqu'au début de 1942, je n'avais jamais pensé que le fait d'écrire pouvait être autre chose pour moi qu'un simple moyen de financer mes études. C'était amusant — grisant, même, et les succès que je remportais, pour modestes qu'ils fussent, me donnaient un profond sentiment de satisfaction —, mais je m'étais lancé dans cette voie dans un but précis, et ce but avait été atteint. L'idée que je pourrais gagner ma vie grâce à ma plume ne m'était pas venue à l'esprit — que dis-je — ne m'avait même pas effleuré.

C'était dans la chimie que j'étais appelé à faire carrière. Le fait d'écrire et de négocier la « vente » de mes nouvelles n'avait jamais été qu'une activité accessoire au regard de mes études. Une fois mon doctorat acquis, j'avais la ferme intention de travailler comme chercheur pour quelque grosse société du secteur privé pour un salaire somptueux comme 100 dollars par semaine (étant fils de petit commerçant, élevé en pleine dépression, j'avais le vertige dès que j'essayais de me représenter un salaire de plus de 100 dollars par semaine. C'est donc la limite que je fixai prudemment à mes ambitions).

Certes, mon emploi, à Philadelphie ne me rapportait que 50 dollars par semaine au début, mais un jeune ménage pouvait vivre sur un tel salaire à une époque où les impôts étaient peu élevés, où on ne payait que 42 dollars 50 cents par mois de loyer pour un appartement, et où l'on pouvait dîner à deux au restaurant pour 2 dollars — service compris.

Ce n'était pas la situation de mes rêves, bien sûr, mais après tout, il ne s'agissait que d'un emploi temporaire qui devait prendre fin avec la guerre. Ensuite, je reprendrais mes recherches, décrocherais mon doctorat, et me trouverais un emploi en rapport avec mes diplômes. En attendant, même un salaire de 2600 dollars par an semblait rendre, financièrement parlant, toute activité littéraire superflue. Au jour de mon mariage, j'avais écrit quarante-deux nouvelles, dont vingt-huit avaient été acceptées et payées par diverses publications (et dont trois étaient sur le point d'être acceptées). Mes gains de célibataire, étalés sur quatre ans, s'élevaient à un total de 1788 dollars et 50 cents pour ces quelque vingt-huit nouvelles, ce qui équivalait à un salaire hebdomadaire d'un peu moins de 8 dollars et 60 cents, ou à un gain moyen de 64 dollars par nouvelle.

À l'époque, je n'espérais guère pouvoir faire beaucoup mieux. Je n'avais pas l'intention d'écrire autre chose que des récits de science-fiction ou des récits fantastiques pour des revues de quai de gare, qui rapportaient tout au plus un cent par mot — un cent un quart avec prime.

Pour gagner même le maigre salaire de 50 dollars par semaine que me rapportait mon emploi, il m'aurait fallu écrire et écouler quelque quarante nouvelles par an, et à cette époque cela ne me semblait tout simplement pas pensable.

Autant il m'avait paru normal de suer sang et eau à ma machine à écrire pour payer mes droits d'inscription en faculté alors que je n'avais pas d'autre source de revenu, autant cela me paraissait inutile à présent. Et avec une semaine de travail de cinquante-quatre heures réparties sur six jours, comment en aurais-je trouvé le temps ?

J'oubliai presque, pendant un temps, que la science-fiction existait. J'avais laissé mes collections de revues à New York, je n'entretenais plus ni avec Campbell, ni avec Pohl, ni avec aucun de mes amis du monde de la science-fiction, de relations suivies. C'est à peine si je lisais encore les revues spécialisées au fur et à mesure de leur parution.

J'aurais complètement laissé tomber la science-fiction, et ma carrière d'écrivain par la même occasion, s'il n'y avait eu de petits rappels de temps en temps en provenance du monde extérieur, et si je n'avais pas été en proie à des démangeaisons qui témoignaient (bien qu'à ce stade je ne le susse pas encore) qu'écrire était pour bien moi plus qu'un moyen commode de mettre, comme on dit, du beurre dans les épinards.

À peine avais-je commencé à travailler à la N.A.E.S., par exemple, que le numéro de juin 1942 de *Astounding* sortit avec ma nouvelle, *Bridle and Saddle.* Et qui plus est, elle avait les honneurs de la couverture. Il aurait été vain de résister à la tentation d'en apporter un exemplaire au bureau et de le montrer à mes collègues. Je ne pus m'empêcher de sentir le prestige que me conférait mon statut d'« écrivain ». Un peu plus tard, en été et en automne de la même année, trois autres nouvelles furent publiées : *Victory Unintentional* et *The Imaginary* dans *Super Science Stories*, dirigé par le successeur de Pohl, et *The Hazing* dans *Thrilling Wonder Stories.* Tout cela m'aida à garder le contact avec le monde de la science-fiction.

Et bien que coupé des rédacteurs en chef, des écrivains et autres lecteurs de science-fiction que je fréquentais à New York, je ne me retrouvais pas entièrement seul.

En effet, Robert Heinlein et L. Sprague de Camp travaillaient avec moi au N.A.E.S., et j'entretenais des rapports très étroits avec l'un comme avec l'autre. Tous deux avaient cessé provisoirement d'écrire, mais ils étaient infiniment plus célèbres que moi, et je leur vouais un véritable culte. De plus, John D. Clark, un passionné de science-fiction qui avait écrit et publié deux nouvelles en 1937, vivait à Philadelphie à cette époque, et l'on se voyait fréquemment. Tous trois contribuèrent à me maintenir plongé dans l'« ambiance science-fiction ».

C'est le 5 janvier 1943, toutefois, qu'eut lieu

l'événement décisif qui allait m'amener à reprendre la plume. Ce jour-là, je reçus une lettre de Fred Pohl m'informant qu'il avait l'intention de remanier *Legal Rites* et qu'il allait de nouveau essayer de lui trouver un acquéreur. J'accueillis cette nouvelle avec enthousiasme. Il lui fallut six ans pour arriver à ses fins, mais ça, évidemment, je ne pouvais pas le deviner. Je crus que j'étais sur le point de publier un nouveau récit, et cela me donna l'impression d'être resté, malgré tout, un écrivain actif et prolifique. En outre, *Legal Rites* était un mélange de fantastique et d'humour, et je n'avais pas encore réalisé mon vieux rêve de publier un tel récit dans *Unknown*. Cinq fois, j'avais tenté ma chance, et cinq fois j'avais échoué.

Le 13 janvier, une semaine après avoir reçu la lettre de Pohl et quatorze mois après avoir mis un point final à ma dernière nouvelle, le besoin d'écrire se fit soudainement et âprement sentir. Je m'assis à ma machine et entrepris d'écrire une nouvelle de « fantaisie-fantastique » intitulée *Author! Author!*

Je m'aperçus très vite qu'il me manquait quelque chose. C'était la première fois que j'essayais d'écrire une nouvelle pour Campbell sans en avoir conféré avec lui au préalable. L'inspiration que ne manquaient pas d'amener mes conversations avec lui me faisait cruellement défaut — ainsi d'ailleurs que les encouragements qu'il me prodiguait. À dire vrai, je n'étais pas sûr de pouvoir écrire sans son aide. Le travail avança lentement et fut entrecoupé de nombreux temps morts. Je ne terminai la première version que le 5 mars et la version finale que le 4 avril 1943.

Il m'avait fallu près de trois mois pour écrire cette nouvelle. Elle comptait douze mille mots, certes, mais *Bridle and Saddle* qui en comptait six mille de plus, ne m'avait pris que trois semaines.

Si *Author! Author!* avait été refusé, beaucoup d'eau aurait sans doute coulé sous les ponts avant que je n'eusse le courage de tenter une nouvelle fois ma chance. Heureusement, la question ne se posa pas. J'expédiai ma nouvelle à Campbell le 6 avril 1943 (c'était la première fois que je lui envoyais une de mes œuvres par la poste au lieu de la lui remettre en main propre), et le 12, il me signifia son acceptation en m'envoyant un chèque. Il ne me demandait même pas d'en remanier certains passages, et de plus, il m'accordait une prime pour la première fois depuis *Nightfall*. Je touchai un cent un quart par mot, soit 150 dollars en tout. Ma sixième tentative pour être publié dans *Unknown* avait porté ses fruits. Je touchai l'équivalent de trois semaines de paie à la N.A.E.S. pour un travail qui m'avait pris trois mois, interruptions comprises. Toutefois, les trois mois de travail sur *Author! Author!* n'avaient rien de commun avec trois semaines de travail à la N.A.E.S., et recevoir un chèque de 150 dollars de Campbell était pour moi infiniment plus grisant que de toucher un chèque d'un montant équivalent, ou même supérieur, pour avoir pointé tous les matins au bureau (mais oui, je pointais tous les matins à la N.A.E.S. !).

Hélas, mon enthousiasme se révéla prématuré.

J'avais atteint le sommet que constituait pour moi *Unknown* trop tard, et bien que je fusse payé, je ne fus jamais publié. C'est Robert Heinlein qui m'annonça la triste nouvelle, le 2 août, moins de quatre mois après qu'*Author! Author!* eut été accepté.

Cela faisait quelque temps déjà qu'*Unknown* était en difficulté. La revue se vendait mal, et deux ans après sa création, de mensuelle elle avait dû devenir bimestrielle. Voilà maintenant que la guerre provoquait une pénurie de papier, et les publications Street & Smith avaient décidé de faire la part du feu en gardant le peu de papier auquel ils avaient droit pour *Astounding*, qui marchait mieux, et de sacrifier *Unknown*.

À l'époque où Campbell avait fait l'acquisition de ma nouvelle, *Unknown* n'était plus destiné à paraître que trois fois, et dans aucun de ces trois numéros il n'y avait de place pour *Author! Author!* Mon récit resta donc à pourrir indéfiniment dans les tiroirs de Street & Smith — acquis, mais non publié. Et le chèque de 150 dollars perdit du coup une bonne partie de son charme.

Malgré tout, cette histoire a eu une issue heureuse. Vingt ans plus tard, Don Bensen, des Éditions Pyramid, publiait en format de poche une anthologie de nouvelles qui avaient paru dans *Unknown*, et me demandait de lui écrire une préface. J'accédai à son désir, non sans une pointe de nostalgie, et la rédigeai le 15 janvier 1963, presque vingt ans, jour pour jour, après que j'eus commencé d'écrire ma seule nouvelle à être jamais acceptée par la revue. Dans cette préface, je fis allusion à mes tentatives infructueuses d'écrire pour *Unknown.*

Les années 60 n'étaient pas les années 40. En 1963, le seul fait de citer une nouvelle d'Asimov qui était restée inédite suscitait un certain émoi, et Bensen demanda par retour du courrier à voir la nouvelle en question. Je retrouvai le manuscrit dans mes archives (j'avais appris à les conserver, même pendant vingt ans) et le lui envoyai.

Il me demanda l'autorisation de l'incorporer dans une deuxième anthologie des nouvelles d'*Unknown* qu'il préparait (en faisant valoir qu'elle avait été acceptée par la revue). Je lui expliquai qu'il lui faudrait l'autorisation de Campbell et de l'éditeur. Ceux-ci donnèrent obligeamment leur accord, et au mois de janvier 1964, vingt et un ans après avoir été écrit, *Author! Author!* fut finalement publié et je réussis enfin, à ma manière et par une voie pour le moins détournée, à figurer au sommaire d'*Unknown.*

Auteur ! Auteur !

Graham Dorn se surprit à penser — et ce n'était pas la première fois que ça lui arrivait — qu'il y a un certain risque à jurer qu'on se jetterait au feu pour une fille, quelque ardente que soit la passion qu'elle vous inspire. Il arrive qu'elle vous prenne au mot, la garce.

C'est une façon comme une autre de dire que sa fiancée avait réussi, grâce à un mélange savamment dosé de ruses de Sioux, de propos enjôleurs et de menaces voilées, à le convaincre de prendre la parole au club littéraire que fréquentait sa tante, vieille fille de son état. Ne riez pas ! Cela n'a rien de drôle, vu de la tribune. Quels visages vous faut-il regarder !

Passons rapidement sur les détails. Il avait été catapulté sur l'estrade et forcé de se tenir debout. Il avait lu son discours sur « la place du roman policier dans la littérature américaine » d'un ton atterré. Même de savoir que c'était sa très chère et très aimée June qui l'avait écrit (argument clé qu'elle n'avait pas manqué d'exploiter, parmi d'autres, pour vaincre ses réticences) ne pouvait masquer le fait que ce discours n'était, fondamentalement, qu'un fatras de niaiseries.

Et alors même que, psychologiquement parlant, il baignait déjà dans son sang, les harpies se ruèrent à la curée car l'heure du rituel débat et de l'étourdissante faconde féminine qui l'accompagnerait inévitablement avait sonné.

— Oh ! monsieur Dorn, vous écrivez toujours sous le coup de l'inspiration ? Je veux dire, est-ce que vous vous mettez au travail et qu'après, une idée vous vient, subitement ? Et vous devez ensuite passer une nuit blanche à boire du café noir pour rester éveillé jusqu'à ce que vous l'ayez couchée sur le papier ?

— Mais oui, certainement. (Il travaillait de 2 heures à 4 heures un après-midi sur deux, et ne buvait que du lait.)

— Monsieur Dorn, vous devez passer un temps fou à vous documenter pour trouver les idées de tous ces meurtres bizarres. Il vous faut combien de temps pour accumuler le matériau d'un livre ?

— Environ six mois. (Les seuls ouvrages de référence qu'il consultait consistaient en tout et pour tout en une encyclopédie en six volumes et un almanach mondial vieux de deux ans.)

— Monsieur Dorn, est-ce que vous avez calqué votre Reginald de Meister sur un personnage réel ? Je suis sûre que oui. Il est tellement... saisissant de vérité, jusque dans ses moindres détails...

— Il est inspiré d'un vieil ami d'enfance à moi. (Dorn n'avait jamais connu *personne* qui ressemblât de près ou de loin à Meister. Il vivait dans la crainte continuelle de rencontrer quelqu'un qui lui ressemblerait effectivement, et possédait même une bague où était aménagée une cache contenant un subtil poison oriental, pour le cas — peu probable — où cela lui arriverait. Voilà pour Meister.)

Un peu plus loin, au-delà de l'essaim de femmes qui se pressait autour de lui, June Billings était assise et souriait avec toute la satisfaction écœurante d'une mère qu'on aurait complimentée sur sa progéniture.

Graham se passa un doigt sur la gorge et se lança dans une mimique qui, pour être discrète, n'en signifiait pas moins clairement qu'il était au bord de la suffocation. June sourit, hocha la tête, lui envoya un baiser discret, et ne fit rien.

Graham se jura de vivre une vie solitaire et ascétique de célibataire et décida que, désormais, tous les scélérats de ses romans seraient des femmes.

Il répondait par monosyllabes, faisant alterner les oui et les non. Oui, il lui arrivait de prendre de la cocaïne. Il trouvait que cela contribuait à libérer l'impulsion créatrice. Non, il ne pensait pas qu'il devrait laisser Hollywood s'emparer du personnage de Reginald de Meister. Il pensait que les films n'étaient pas l'expression d'un art véritable. D'ailleurs, le cinéma n'était qu'une mode, qui passerait comme toutes les modes. Oui, il lirait bien volontiers les manuscrits de Mlle Crum si elle les apportait. Tout le plaisir serait pour lui. C'était tellement amusant de lire des manuscrits d'amateurs, et les éditeurs sont vraiment de tels goujats.

C'est alors qu'on annonça les rafraîchissements, et le vide se fit autour de lui. Il ne fallut qu'une fraction de seconde à Graham pour reprendre ses esprits. La masse féminine s'était fondue en un seul et unique spécimen qui mesurait un mètre cinquante et devait peser à peu près quarante-cinq kilos. Graham, pour sa part, mesurait un mètre quatre-vingt-huit et faisait son quintal de muscles. Il aurait pu sans doute lui régler son compte sans difficulté, d'autant plus que le spécimen en question avait les deux mains occupées par un sac à main démesuré. Il éprouvait néanmoins une certaine répugnance, sans parler de scrupules, à l'idée de la mettre K.-O. Cela ne semblait pas être très indiqué si l'on se plaçait du point de vue de la bienséance.

La femme avançait sur lui, le regard illuminé par une admiration et une ferveur écœurantes, et Graham sentit le mur derrière lui. Ni d'un côté ni de l'autre il n'y avait de porte à proximité.

— Oh ! monsieur de Meister — vous me permettez de vous appeler monsieur de Meister, n'est-ce pas ? Votre personnage est tellement réel pour moi que j'ai du mal à me représenter Graham Dorn autrement que sous ses traits. Vous n'y voyez pas d'inconvénient, j'espère.

— Non, bien sûr que non !, gargouilla Graham du mieux qu'il put entre trente-deux dents grinçant de concert. Je m'imagine souvent être dans la peau de Reginald à mes moments les plus frivoles.

— Merci. Vous n'avez pas idée, *cher* monsieur de Meister, à quel point j'étais impatiente de faire votre connaissance. J'ai lu *toutes* vos œuvres, et je trouve qu'elles sont formidables.

— Vous m'en voyez ravi, chère madame.

Et de commencer machinalement à débiter son refrain « modeste » :

— Ce n'est vraiment rien, vous savez. Hé, hé ! Ravi de faire plaisir aux lecteurs, mais c'est loin d'être parfait. Hé, hé !

— Mais c'est vrai, vous savez !

Ces dernières paroles avaient tous les accents de la plus solennelle sincérité.

— Que vous êtes bon, je veux dire *vraiment* bon. Je trouve que c'est merveilleux d'être un écrivain comme vous. Cela doit presque donner l'impression qu'on est Dieu.

Graham fixa sur elle un regard vide de toute expression.

— Si seulement les éditeurs pensaient comme toi, ma vieille...

La vieille n'entendit pas son murmure et poursuivit de plus belle :

— Être capable de créer des personnages vivants à partir du néant ; de déployer leurs âmes au grand jour ; de transcrire les pensées en mots ; de brosser des tableaux et de créer des mondes. Je me dis souvent que l'écrivain est l'être le plus prodigieusement doué de l'univers. Mieux vaut cent fois être un écrivain inspiré mourant de faim dans une mansarde qu'un empereur assis sur son trône. Vous n'êtes pas de mon avis ?

— Assurément, mentit Graham.

— Que sont tous les biens matériels de cette

terre auprès de l'exaltation qu'apporte l'art d'entrelacer subtilement les actions et les sentiments pour qu'ils forment un monde à eux ?

— Que sont-ils, en effet ?

— Et la postérité ! Pensez à la postérité !

— Oui, oui, j'y pense souvent.

Elle lui saisit la main.

— J'ai une petite faveur à vous demander — rien qu'une.

Elle rougit imperceptiblement.

— Vous pourriez peut-être donner à ce pauvre Reginald — permettez-moi de l'appeler ainsi, rien qu'une fois — une chance d'épouser Letitia Reynolds. Je trouve qu'elle y va un peu fort avec lui par moments ; vous pourriez la rendre un peu moins cruelle. Ils me feraient pleurer pendant des heures entières, ces deux-là ! C'est que pour moi, voyez-vous, il est tellement vivant !

Un délicat mouchoir en dentelle fit mystérieusement son apparition et prit le chemin de ses yeux. Elle finit par le ranger, sourit courageusement, et s'éloigna en trottinant. Graham Dorn respira un grand coup, ferma les yeux, et s'effondra doucement dans les bras de June.

Il ouvrit brusquement les yeux.

— Tu peux considérer, dit-il sévèrement, nos fiançailles comme irrémédiablement compromises. Sache que c'est seulement à la considération que j'ai pour tes pauvres vieux parents que tu devras de n'être pas connue dorénavant comme l'ex-fiancée de Graham Dorn.

— Mon chéri, je reconnais bien là ta noblesse de cœur.

Elle lui caressa le bras avec sa joue.

— Viens, je vais te ramener à la maison et panser tes pauvres blessures.

— Soit, mais il te faudra me porter. Ton honorable et délicieuse tante aurait-elle une hache ?

— Pour quoi faire ?

— Pour commencer, elle a eu le front de me présenter comme le père — à Dieu ne plaise ! — du célèbre Reginald de Meister.

— Et tu ne l'es pas ?

— Sortons de cet endroit cafardeux. Et mets-toi bien ça dans la tête : je ne suis apparenté en aucune façon à cet individu. Je le répudie, je le voue aux gémonies, je lui crache au visage. Je le désavoue, ce fils illégitime, ce dégénéré, ce chien galeux, et je veux bien être pendu s'il ose jamais fourrer de nouveau son sale nez d'aristocrate dans ma machine à écrire.

Ils étaient dans le taxi, et June lui redressait sa cravate.

— Bon, et maintenant, mon petit, voyons un peu cette lettre.

— Quelle lettre ?

Elle tendit la main.

— La lettre de ton éditeur.

Graham l'extirpa de sa poche en maugréant.

— J'ai pensé à m'inviter chez le vieux requin pour prendre le thé. Une bonne pincée de strychnine...

— Tu pourras vociférer plus tard. En attendant,

voyons ce qu'il dit. Hum... aha... n'est pas tout à fait à la hauteur de ce que nous attendions... avons le sentiment que Reginald de Meister n'est pas au sommet de sa forme... peut-être une petite révision... sommes certains que le roman peut être amélioré... renvoyons sous pli séparé...

Elle laissa tomber la lettre sur la banquette.

— Je t'avais dit que c'était une erreur de régler son compte à Sancha Rodriguez. Tu avais besoin d'elle. Tu lésines fâcheusement sur le sentiment, dernièrement.

— Écris-le, toi ! En ce qui me concerne, j'en ai terminé avec Meister. C'est arrivé au point où de vieilles fées m'appellent Meister, où ma photo est publiée dans les journaux accompagnée de la légende « M. de Meister ». Je n'ai plus d'identité. Personne n'a jamais entendu parler de Graham Dorn. Je suis toujours : « Dorn, Dorn, le type qui a écrit la série des Reginald de Meister, vous savez bien. »

— Bêta ! s'écria June d'une voix perçante. Tu es jaloux de ton propre détective !

— Je ne suis pas jaloux de mon propre personnage. Écoute ! Je déteste les romans policiers. J'ai cessé d'en lire dès que j'ai su déchiffrer les mots de plus d'une syllabe. Le premier que j'ai écrit était censé être une satire impitoyable du genre. Il était censé tourner en dérision toute la prétendue école des écrivains de romans policiers. C'est pour cela que j'ai inventé ce Meister. Le détective qui devait en finir une fois pour toutes avec tous les détectives. « L'imbécile-heureux-dans-toute-sa-splendeur », de Graham Dorn.

« Et voilà que le public, de concert avec les serpents, les vipères de tout poil et les enfants ingrats, prend ces cochonneries pour argent comptant et en redemande. J'ai écrit roman policier sur roman policier pour essayer de convertir le public... »

Graham Dorn rentra un peu les épaules, comme submergé par la futilité de la chose.

— Enfin...

Il eut un pâle sourire, et en grande âme qu'il était, refusa de se laisser abattre par l'adversité.

— Tu ne comprends pas ? Il faut que j'écrive autre chose. Je ne peux pas gâcher ma vie comme ça. Mais qui lira un roman sérieux écrit par Graham Dorn, maintenant que je suis si étroitement associé à Meister ?

— Tu peux utiliser un pseudonyme.

— Je n'utiliserai pas un pseudonyme. Je suis fier du nom que je porte.

— Mais tu ne peux pas laisser tomber Reginald de Meister. Sois raisonnable, chéri.

— Une fiancée normale, fit amèrement observer Graham, voudrait voir son futur mari écrire quelque chose de vraiment valable et devenir un grand nom de la littérature.

— Mais je ne demande pas mieux, Graham. Mais juste un petit Meister de temps en temps, histoire de payer les factures qui ont une fâcheuse tendance à s'accumuler.

— Ha !

Graham ramena son chapeau sur ses yeux d'une

pichenette pour dissimuler les souffrances d'un grand esprit réduit à l'agonie.

— Maintenant tu dis que je ne peux pas devenir célèbre sans prostituer mon talent à ce vil exploiteur de MacDunlap. Te voilà chez toi. Descends. Moi je rentre écrire une bonne lettre d'injures de mon cru à notre sénile ami, MacDunlap.

— À ta guise, mon chou, dit June d'une voix conciliante. Et demain, quand tu te sentiras mieux, tu viendras pleurer dans mon giron, et on travaillera à la révision de *Meurtre à l'entrepont* ensemble, d'accord ?

— Nos fiançailles, reprit Graham avec hauteur, sont rompues.

— Oui, chéri. Je serai chez moi demain à 8 heures.

— Je ne vois pas en quoi cela pourrait m'intéresser. Adieu !

Les éditeurs et les directeurs littéraires jouissent, bien sûr, d'une impunité totale. Leur politique est une politique de la main tendue, du sourire professionnel, du hochement de tête et de la tape dans le dos.

Mais peut-être, quelque part, dans l'intimité des tanières dans lesquelles les écrivains courent se terrer à la tombée de la nuit, font-ils l'objet d'une secrète vengeance. Là peuvent être proférées des paroles que personne ne peut entendre, et être écrites des lettres qui n'ont pas besoin d'être postées, et peut-être la photo d'un éditeur, sourire pensif aux lèvres, y est-elle parfois respectueusement épinglée au-dessus de la machine à écrire pour servir de cible au cas où l'écrivain aurait envie de jouer aux fléchettes.

Une photo de MacDunlap, réservée précisément à cet usage, illuminait la chambre de Graham Dorn. Et Graham Dorn lui-même, dans sa tenue de travail habituelle (costume de ville et machine à écrire) regarda d'un air peu amène la cinquième feuille de papier qu'il venait d'introduire dans sa machine. Les quatre premières, jugées trop modérées, reposaient sur le bord de sa corbeille à papier.

Il commença :

« Cher Monsieur... et ajouta lentement, haineusement : ou chère Madame, selon le cas... »

Il se mit à taper frénétiquement au fur et à mesure que l'inspiration lui venait, sans prêter attention au léger ruban de fumée blanche qui s'échappait des touches surchauffées.

« Vous dites que vous n'aimez pas beaucoup Reginald de Meister dans ce roman. Eh bien, figurez-vous que moi, je n'aime Meister dans aucun de mes romans. Vous pouvez attacher votre carcasse fétide à la sienne avec ses menottes et vous jeter du haut du pont de Brooklyn. Et j'espère qu'ils draineront l'East River avant que vous ne sautiez.

« Dorénavant, mes œuvres viseront plus haut que vos publications sordides. Et le jour viendra où je pourrai considérer cette période de ma carrière avec tout le mépris qu'elle... »

Quelqu'un donnait de petites tapes sur l'épaule de Graham depuis qu'il avait commencé le dernier paragraphe. À intervalles réguliers, Graham secouait son épaule avec irritation, mais en vain.

Finalement, il s'arrêta, se retourna, et s'adressa courtoisement à l'inconnu qui se trouvait dans sa chambre.

— Sans vouloir paraître indiscret, auriez-vous la bonté de me dire à qui j'ai l'honneur ? Réflexion faite, vous pouvez décamper sans prendre la peine de me répondre. Je ne me vexerai pas.

Le nouveau venu eut un sourire plein d'aménité. Un parfum subtil et distingué de brillantine parvint jusqu'aux narines de Graham.

Il avait un menton carré et volontaire de baroudeur, et c'est d'une voix mélodieuse et bien timbrée qu'il dit :

— Mon nom est Meister, Reginald de Meister.

Graham frémit jusqu'aux fondements de son être psychique et les entendit gémir sous le choc.

— Gloup.

— Plaît-il ?

Graham se ressaisit.

— J'ai dit « gloup ». C'est un mot de code qui veut dire : *Quel* Meister ?

— *Le* Meister, expliqua Reginald de Meister, gentiment.

— Mon personnage ? Mon détective ?

Reginald de Meister avisa un fauteuil et s'assit, et son visage aux traits virils et fins prit cet air d'ennui si distingué dont il avait le secret et qui faisait des envieux dans la haute société. Il alluma une cigarette turque, que Graham reconnut immédiatement comme étant de la marque préférée de son héros, et la tapota lentement et soigneusement contre le dos de sa main, ce qui était également un de ses tics caractéristiques.

— Vraiment, mon cher, dit Meister, tout cela est du plus haut comique. Je suppose que je suis effectivement votre personnage, mais sans doute vaudrait-il mieux que nous abordions le problème sous un autre angle. Ce serait terriblement embarrassant, à la vérité.

— Gloup, fit de nouveau Graham en manière de réponse.

Il réfléchissait furieusement, envisageant toutes les possibilités et essayant de trouver la bonne en procédant par élimination. Il ne buvait pas, et, dans le cas présent, il le regrettait bien, car au moins il aurait su à quoi s'en tenir. Donc il n'était pas saoul. Il avait une digestion à toute épreuve, et ne souffrait d'aucun malaise. Il ne pouvait donc s'agir d'une hallucination. Il ne rêvait jamais, et son imagination était soumise — comme tout instrument de travail digne de ce nom — à un contrôle très strict. Et puisque, à l'instar de tous les écrivains, il était considéré par l'immense majorité des gens comme étant un individu assez fantaisiste, l'hypothèse de la folie était exclue.

Ce qui faisait tout simplement de Meister une impossibilité matérielle, et Graham en fut soulagé. C'est un bien piètre écrivain que celui qui n'a pas maîtrisé l'art de faire abstraction des impossibilités lorsqu'il écrit un livre.

— J'ai ici un exemplaire de mon dernier roman, dit-il d'une voix mielleuse. Ça ne vous ferait rien de citer la page de votre choix et de la réintégrer sans plus de cérémonie ? Je suis très occupé, et Dieu sait que vous me cassez déjà suffisamment les pieds dans les inepties que j'écris.

— Mais je suis venu pour parler affaires, mon cher. Il faut que nous arrivions à un arrangement à l'amiable, tous les deux. Vous m'avez mis dans une situation des plus inconfortables.

— Écoutez, vous ne voyez pas que vous me dérangez ? Ce n'est pas dans mes habitudes de parler à des personnages imaginaires. En règle générale, je ne suis pas copain-copain avec eux. De toute façon, il est grand temps que votre mère vous dise que, en réalité, vous n'existez pas.

— Mon cher ami, j'ai toujours existé. L'existence est quelque chose de tellement subjectif. Il suffit que quelqu'un croie à l'existence d'une chose pour que cette chose existe. J'ai existé dans votre imagination, par exemple, dès le jour où vous avez pensé à moi pour la première fois.

Graham frissonna.

— Mais ce que je voudrais justement savoir, moi, c'est ce que vous fichez en *dehors* de mon imagination. Vous vous y sentiez un peu à l'étroit, peut-être ? Vous vouliez avoir les coudées plus franches ?

— Pas du tout. C'est même une imagination assez satisfaisante, à sa manière, mais je ne suis parvenu à une existence plus concrète que cet après-midi, et j'ai donc saisi l'occasion qui m'était offerte de vous entretenir de ces affaires dont je vous parlais il y a quelques instants. Voyez-vous, cette dame fluette et sentimentale qui se trouvait à votre club...

— Quel club? demanda Graham d'une voix sourde.

Tout était terriblement clair à présent.

— Celui auquel vous avez fait un discours...

Ce fut au tour de Meister de frissonner.

— ... sur le roman policier. Elle a cru à mon existence, par conséquent, j'existe.

Il finit sa cigarette et l'éteignit d'un geste négligent.

— La logique de ce raisonnement, dit Graham, est inéluctable. Bon, et maintenant, dites-moi ce que vous me voulez, et la réponse est non.

— Est-ce que vous vous rendez compte, mon cher, que si vous cessez d'écrire des aventures de Reginald de Meister, je serai condamné à mener l'existence ennuyeuse et spectrale qui est le lot de tous les détectives fictifs qui ont été mis à la retraite d'office? Je devrai disparaître dans la grisaille de l'oubli, rejoindre Holmes, Lecocq et Dupin dans la galerie des ancêtres.

— C'est très intéressant, ce que vous me dites là. Voilà un sort qui vous conviendrait à merveille.

Le regard de Reginald de Meister devint glacial, et Graham se souvint tout à coup d'un passage de la page 123 de *L'Affaire du cendrier brisé* :

Son regard, qui jusque-là avait paru vague et distrait, se durcit transformant ses yeux en deux lacs de glace, et transperçant le majordome, qui étouffa un cri et recula en chancelant.

De toute évidence, Meister ne perdait aucune de

ses caractéristiques en dehors des romans qu'il fréquentait.

Graham étouffa un cri et recula en chancelant.

— Il vaudrait mieux pour vous que la série des Meister continue. Me suis-je bien fait comprendre ?

Graham se ressaisit et commença à protester faiblement.

— Holà, tout doux ! Vous exagérez, tout de même. N'oubliez pas que dans un sens, je suis un peu votre père. Parfaitement. C'est moi qui vous ai donné le jour. Vous ne pouvez pas m'adresser des ultimatums ou me menacer comme ça. Et l'esprit filial, alors ? Vous me devez tout l'amour et le respect qu'on doit à un père.

— Et il y a autre chose, dit Meister. Il faut que nous réglions une fois pour toutes cette histoire de Letitia Reynolds. Ces tergiversations n'ont que trop duré, vous savez.

— Vous ne savez pas de quoi vous parlez. Tout le monde s'accorde à dire que mes scènes d'amour sont des chefs-d'œuvre de sentiment et de tendresse, sans égal dans la littérature policière. Attendez, que je vous montre quelques extraits de presse. Cela ne me dérange pas tellement que vous essayiez de me dicter une ligne de conduite, mais je ne supporterai pas que vous critiquiez ce que j'écris.

— Gardez vos extraits. C'est justement de la tendresse et de toutes les foutaises du même genre que je ne veux plus. Cela fait cinq volumes que je passe à soupirer après la belle et à me rendre parfaitement ridicule. Il faut que cela cesse.

— Et comment cela, s'il vous plaît ?

— Il faut que je l'épouse dans le roman que vous avez en cours. Ou bien faites-en, au moins, une maîtresse respectable. Et j'en ai également assez de me comporter toujours en parfait gentleman et d'être toujours si fichtrement vertueux avec le beau sexe. Je suis humain, après tout.

— Impossible ! répliqua Graham. Et cela s'applique également à votre dernière remarque.

La voix de Meister se fit tranchante.

— Vraiment, mon cher, vous manifestez une insensibilité surprenante vis-à-vis du bien-être d'un personnage qui vous a fait vivre pendant de nombreuses années.

Graham en suffoquait presque d'indignation.

— Parce que c'est *vous* qui m'avez fait vivre ? Autrement dit, vous pensez que je ne pourrais pas me faire un nom en écrivant de vrais romans, c'est ça ? Eh bien, vous allez voir. Je n'écrirai pas une seule nouvelle aventure de Reginald de Meister, même si l'on m'offre un million de dollars, même si l'on me propose 50 % des droits d'adaptation pour la télévision. Qu'est-ce que vous dites de ça ?

Meister fronça les sourcils et prononça les mots terribles qui avaient sonné le glas de tant de criminels :

— Nous verrons. Mais vous n'avez pas fini d'entendre parler de moi !

Sur ces mots, le menton en avant, il disparut.

Le visage crispé de Graham se détendit peu à

peu, et lentement, très lentement, il porta les mains à son crâne et le palpa avec circonspection.

Pour la première fois dans sa longue vie de débauche mentale, il eut l'impression que ses ennemis avaient raison et qu'un bon nettoyage à sec ne ferait pas de mal du tout à sa petite tête.

Les *choses* qui s'y passaient !

Graham Dorn appuya son coude sur le bouton de sonnette pour la seconde fois. Il se souvenait distinctement l'avoir entendu dire qu'il la trouverait chez elle à 8 heures.

Le judas s'ouvrit.

— Bonjour !... Il y a quelqu'un ?...

Silence.

— Il pleut, gémit Graham. Tu ne veux pas me laisser entrer pour que je puisse me sécher ?

— Je ne sais pas. Sommes-nous toujours fiancés, monsieur Dorn ?

— Si je ne suis pas ton fiancé, lui fut-il répondu avec raideur, je me demande bien pourquoi j'ai repoussé les avances frénétiques d'une centaine de filles défaillant d'amour pour moi, et toutes belles à ravir.

— Hier, tu as dit...

— Oh ! mais depuis quand écoute-t-on ce que je dis ? C'est mon péché mignon de dire n'importe quoi. Regarde, je t'ai apporté des fleurs.

Il agita son bouquet de roses devant le judas.

June ouvrit la porte.

— Des roses ! Quelles mœurs plébéiennes. Entre, mon chou, et va dégouliner sur le divan.

Halte ! Dis-moi d'abord ce que tu portes sous l'autre bras. Ce ne serait pas le manuscrit de *Meurtre à l'entrepont*, par hasard ?

— C'est bien un manuscrit, mais ce n'est pas celui de cet innommable roman. Il s'agit d'autre chose.

La voix de June se rafraîchit un peu.

— Tu ne vas pas me dire que c'est ton précieux roman ?

Graham releva vivement la tête.

— Tu étais au courant ?

— Tu me l'as raconté d'un bout à l'autre en pleurant pratiquement d'émotion à la réception que MacDunlap a donné pour fêter ses noces d'argent.

— Certainement pas. À moins que je n'aie été saoul.

— Ah ! mais tu l'étais ! Qu'est-ce que tu tenais ! Et tout ça pour deux malheureux cocktails.

— Si j'étais saoul, je n'ai pas pu te raconter la bonne histoire.

— Ça se passe en pays minier ?

— Euh... oui.

— Et les personnages sont des gens vrais, simples, authentiques, terre à terre, qui pensent et parlent comme toi et moi ? C'est une histoire sur les forces socio-économiques de base qui sous-tendent notre société ? Où les hommes sont déracinés et ballottés comme des fétus de paille, à la merci de la mine, simples esclaves de l'ère industrielle ?

— Euh... oui.

Elle hocha la tête rétrospectivement.

— Je m'en souviens parfaitement. D'abord, tu as bu plus que de raison et tu as été malade. Ensuite, tu t'es senti mieux et tu m'as raconté les premiers chapitres. Sur ce, c'est moi qui me suis sentie mal.

Elle s'approcha de l'écrivain qui la regardait d'un œil torve.

— Graham...

Elle appuya sa tête blonde sur son épaule et murmura d'une voix caressante :

— Pourquoi ne pas continuer à écrire des aventures de Reginald de Meister ? Elles te rapportent de si jolis petits chèques.

Graham s'arracha à son étreinte.

— Tu es une scélérate vendue à l'ennemi, incapable de comprendre l'âme d'un écrivain. Tu peux considérer nos fiançailles comme rompues.

Il s'affala sur le divan et croisa les bras.

— À moins que tu n'acceptes de lire le manuscrit de mon roman et de faire ta petite analyse habituelle.

— Puis-je te livrer mon analyse de *Meurtre à l'entrepont ?*

— Non.

— Bien ! Pour commencer, toutes les scènes d'amour sont d'une sentimentalité proprement écœurante.

— C'est faux !

Graham agita l'index avec indignation.

— Elles dégagent un parfum suave et un rien fleur bleue qui évoque le charme suranné de temps révolus... Ce n'est pas moi qui le dis, c'est un critique littéraire. Je peux même te montrer l'extrait de presse.

Il farfouilla dans son portefeuille.

— Oh ! par pitié, tu ne vas pas citer encore une fois ce type de la *Gazette de Pilsboro* (Oklahoma) ? C'est probablement un lointain cousin à toi. Tu sais très bien que tes deux derniers romans t'ont rapporté des clopinettes en droits d'auteur. Et *Entrepont* n'a même pas été accepté.

— Tant mieux, je... aïe !

Il se frotta violemment la tête.

— Qu'est-ce qui te prend ?

— Le seul endroit où je pouvais te frapper aussi fort que je voulais sans t'estropier, c'était à la tête. Et maintenant, écoute-moi ! Le public en a marre de ta larmoyante Letitia Reynolds. Pourquoi ne la ferais-tu pas jouer avec une allumette après lui avoir trempé son « casque luisant de cheveux d'or » dans du kérosène ?

— Mais June, ce personnage est inspiré de la réalité — il est calqué sur toi !

— Graham Dorn ! Je ne suis pas ici pour me faire insulter. La tendance du roman policier moderne est à l'action et à l'amour-passion, au coup de foudre, quoi, et toi tu en es resté au mélo à l'eau de rose d'il y a cinq ans.

— Mais c'est dans le caractère de Meister.

— Eh bien, tu n'as qu'à changer son caractère. Voyons. Tu fais entrer Sancha Rodriguez sur scène. Parfait. Je trouve qu'elle est très bien. C'est une Mexicaine tout feu tout flammes, ardente et fière, et qui est éprise de lui. Et que fais-tu ?

D'abord lui se comporte en parfait gentleman, et ensuite, tu expédies la fille *ad patres* au milieu du livre.

— Hum. Je vois... Tu crois vraiment qu'il vaudrait mieux que Meister en arrive à s'oublier. Un baiser, peut-être...

June serra ses jolies petites dents et ses jolis petits poings et s'efforça de rester calme.

— Oh ! chéri ! quelle chance que l'amour soit un sentiment irrationnel ! Il me semble que si je me mettais à penser, je me trouverais complètement folle. Écoute, espèce de noix, tu vas faire en sorte que Meister et Rodriguez tombent amoureux l'un de l'autre. Ils vont s'aimer passionnément tout au long du livre, et tu peux enfermer ta Letitia de malheur au couvent. Elle y sera sans doute plus heureuse qu'ailleurs, d'après la façon dont tu la décris.

— Ça, c'est ce que *tu* crois, ma chère amie. Mais il se trouve que Reginald de Meister aime Letitia Reynolds et que c'est *elle* qui l'intéresse, et non pas cette Rodriguez dont tu fais tout un plat.

— Et peut-on savoir ce qui t'a mis cette idée dans la tête ?

— Il me l'a dit.

— Qui te l'a dit ?

— Reginald de Meister.

— Quel Reginald de Meister ?

— *Mon* Reginald de Meister.

— Qu'est-ce que tu veux dire, *ton* Reginald de Meister ?

— *Mon personnage*, Reginald de Meister.

June se leva, respira un bon coup, puis dit d'une voix très calme :

— Reprenons depuis le début, veux-tu ?

Elle disparut pendant un moment et revint avec une aspirine.

— Ton Reginald de Meister, le héros de tes livres, t'a dit en personne, de vive voix, qu'il aimait Letitia Reynolds ?

— Exactement.

June avala l'aspirine.

— Attends, je vais t'expliquer la chose comme il me l'a expliquée. En fait, tous les personnages fictifs existent — du moins dans l'imagination des auteurs. Mais quand des gens commencent vraiment à croire à leur existence, ils se mettent à exister réellement, parce que la croyance des gens suffit, en ce qui les concerne, et de toute façon, qu'est-ce que l'existence ?

Les lèvres de June tremblaient.

— Oh ! Gramie, non, je t'en supplie ! Maman ne me laissera jamais t'épouser s'ils t'enferment à l'asile.

— Cesse donc de m'appeller Gramie, June, pour l'amour du ciel. Je te dis qu'il était là, devant moi, à essayer de me dire ce qu'il fallait écrire et comment l'écrire. Il y mettait presque autant d'obstination que toi. Allez, allez, mon petit, tu ne vas pas te mettre à pleurer.

— Je n'y peux rien. J'ai toujours pensé que tu étais un peu fou, mais je n'ai jamais pensé que tu étais *fou !*

— Peut-être bien que je le suis, mais quelle différence cela fait-il ? Allez, n'en parlons plus. Je n'écrirai plus un seul roman policier. Après tout (il s'octroya une minute d'indignation), quand on en arrive au point où votre propre personnage — votre *propre* personnage — commence à vous dire ce qu'il faut faire et ne pas faire, c'est que les choses sont allées un peu trop loin !

June le regarda par-dessus son mouchoir.

— Comment sais-tu que c'était vraiment Meister ?

— Oh ! tu parles ! Dès qu'il s'est mis à tapoter sa cigarette turque contre le dos de sa main et à me balancer des « mon cher » comme s'il en pleuvait, j'ai compris que le pire était arrivé.

Le téléphone sonna. June bondit.

— Ne réponds pas, Graham. C'est sûrement l'asile qui téléphone. Je vais leur dire que tu n'es pas là. Allô, Allô, Ah ! c'est vous, monsieur MacDunlap.

Elle poussa un soupir de soulagement, puis couvrit le combiné avec sa main et chuchota :

— C'est peut-être un piège. Bonjour, monsieur MacDunlap, comment allez-vous ?... Non, il n'est pas là... Oui, je crois que je pourrai le joindre... Demain à midi chez Martin... Je lui ferai la commission... Avec qui ? Avec qui ?

Elle raccrocha brusquement.

— Graham, tu déjeunes avec M. MacDunlap demain.

— À ses frais ! Seulement si c'est à ses frais !

Les grands yeux bleus de June devinrent plus grands et plus bleus.

— Reginald de Meister sera des vôtres.
— Quel Reginald de Meister ?
— Ton Reginald de Meister.
— *Mon* Régi...
— Oh !, non, Gramie, je t'en supplie !
Ses yeux s'embuèrent.
— Tu ne comprends pas, Gramie ? Ils vont nous mettre tous les deux à l'asile — et M. MacDunlap aussi. Et ils nous mettront sans doute tous les trois dans la même cellule capitonnée. Oh ! Gramie, c'est tellement gênant d'être trois !
Et elle éclata en sanglots.

Bill I. MacDunlap était seul à sa table lorsque Graham entra, ce qui eut le don d'apporter à ce dernier une impression, fugitive, il est vrai, de satisfaction.

Ce n'est pas tant, on l'aura compris, la présence de MacDunlap que l'absence de Meister qui en était la cause.

MacDunlap le regarda par-dessus ses lunettes et avala une de ses friandises préférées — une pilule pour le foie.

— Ah ! vous voilà, vous ! C'est un sale tour que vous m'avez joué là, dites donc. Vous n'aviez pas le droit de me flanquer un individu comme Meister sur les bras sans m'avertir qu'il existait vraiment. J'aurais pris un certain nombre de précautions. Peut-être que j'aurais embauché un garde du corps, ou acheté un revolver.

— Il n'existe *pas* vraiment. Mais enfin, bon Dieu, vous avez participé vous-même à sa création.

— Voilà, rétorqua MacDunlap avec feu, de la diffamation pure et simple. Et qu'est-ce que vous voulez dire, il n'existe pas vraiment ? Quand il s'est présenté dans mon bureau, j'ai avalé trois pilules d'un coup et il n'a pas disparu. Vous savez ce que ça représente, trois pilules ? Trois pilules du type de celles que je prends (mon docteur en tomberait en catalepsie s'il venait à l'apprendre), trois de ces pilules, disais-je, feraient disparaître un éléphant s'il n'existait pas vraiment. Alors ne me racontez pas de blagues.

— Il n'empêche, dit Graham d'une voix lasse, qu'il n'existe que dans mon imagination.

— Pour ça, je vous fais confiance. Elle devrait faire l'objet d'une enquête de l'Institut national de la consommation, votre imagination.

Graham s'abstint de dire à haute voix les diverses répliques qui lui vinrent simultanément à l'esprit en raison de leur proportion par trop élevée d'invectives anglo-saxonnes relevées. Après tout — ha ! ha ! — un éditeur est un éditeur, si anglo-saxon qu'il soit.

— La question, dit Graham, est donc de savoir comment nous allons nous débarrasser de Meister.

— Nous débarrasser de Meister ?

MacDunlap avait sursauté. Il attrapa d'une main ses lunettes qui tombaient, délogées par son geste brusque. Sa voix se fit plus rauque sous le coup de l'émotion.

— Qui a dit que nous voulions nous débarrasser de Meister ?

— Vous voulez qu'il continue à marcher sur nos plates-bandes ?

— Dieu m'en garde, dit MacDunlap entre deux frissons.

À côté de lui, mon beau-frère est un enfant de chœur.

— Il n'a que faire en dehors de mes livres.

— En ce qui me concerne, il n'a que faire en dedans non plus. Depuis que je lis vos manuscrits, mon médecin a ajouté des pilules pour les reins et des sirops pour la toux à ma prescription habituelle.

Il consulta sa montre et avala une pilule pour les reins.

— Mon pire ennemi devrait être un éditeur de ma connaissance.

— Dans ce cas, reprit patiemment Graham, pourquoi ne voulez-vous pas vous débarrasser de Meister ?

— Parce qu'il peut nous faire de la publicité.

Graham le regarda sans comprendre.

— Écoutez ! Vous connaissez beaucoup d'écrivains qui ont un vrai détective comme personnage ? Tous les autres sont fictifs. C'est de notoriété publique. Mais le vôtre — le *vôtre* existe vraiment. On pourra lui donner des affaires criminelles à résoudre ; ça nous fera une publicité monstre dans les journaux. On pourra...

— C'est de très loin, répondit Graham d'un ton catégorique, la proposition la plus obscène qu'il m'ait jamais été donné d'entendre.

— Ça rapporterait gros.

— L'argent ne fait pas le bonheur.

— Il ferait le mien, ça je peux vous le garantir... chut !

Il donna à Graham un coup de pied à lui fracturer la cheville et se leva, un sourire obséquieux aux lèvres.

— Monsieur de Meister !

— Désolé de vous avoir fait attendre, fit une voix traînante. J'ai un emploi du temps très chargé. Vous avez dû vous morfondre en m'attendant.

Les oreilles de Graham furent saisies de tressaillements spasmodiques. Il se retourna et en tomba à la renverse de surprise, si tant est qu'une personne assise peut tomber à la renverse. Reginald de Meister avait fait l'acquisition d'un monocle depuis sa dernière visite, et son regard monoculaire était calculé pour vous figer le sang dans les veines.

Meister le salua avec désinvolture.

— Mon cher Watson ! je suis diantrement content de vous revoir.

— Pourquoi n'allez-vous pas au diable ? demanda Graham avec curiosité.

— Oh ! mon cher ! Vraiment.

— Voilà ce que j'aime, caqueta MacDunlap. Des plaisanteries ! De la bonne humeur ! Ça crée d'emblée une bonne ambiance. Bon ! Et maintenant, si l'on passait aux choses sérieuses ?

— Bien volontiers. Vous avez déjà commandé, je présume ? Dans ce cas, permettez-moi seulement de demander une bouteille de vin. Comme d'habitude, Henry.

Le serveur cessa de se dandiner, disparut promptement, et revint aussitôt avec une bouteille qui s'ouvrit et se vida dans son verre avec un glouglou caractéristique. Meister le goûta en connaisseur.

— Quelle bonne idée vous avez eue, mon cher, de faire de moi un habitué de ce restaurant dans vos livres. Cela n'a pas été démenti par les faits, et c'est bien pratique. Tous les serveurs me connaissent. Monsieur MacDunlap, je gage que vous avez convaincu M. Dorn de la nécessité qu'il y a à continuer la série des Meister.

— Oui, dit MacDunlap.

— Non, dit Graham.

— Ne faites pas attention à lui, dit MacDunlap. Il est capricieux. Vous connaissez les écrivains.

— Ne faites pas attention à lui, dit Graham. Il est microcéphale. Vous connaissez les éditeurs.

— Écoutez, jeune homme. M. MacDunlap vous a sans doute mis au courant des choses désagréables qui pourraient vous arriver si vous vous obstinez dans cette voie.

— Comme quoi, vieille crapule ? s'enquit poliment Graham.

— Eh bien, avez-vous jamais été hanté ?

— Vous voulez dire comme vous approcher de moi par-derrière et faire « hou ! » ?

— Mon pauvre ami. Je suis beaucoup plus subtil que cela. J'ai des moyens beaucoup plus modernes et perfectionnés de hanter les gens. Avez-vous jamais subi une submersion d'identité, par exemple ?

Il fut secoué d'un petit ricanement contenu.

Graham ne put s'empêcher de penser que ce ricanement avait quelque chose de familier. Tout à coup, cela lui revint. C'était à la page 103 dans *Le Ranch de la mort* :

Clignant paresseusement des paupières, il fut secoué d'un rire léger et mélodieux, et bien qu'il n'eût pas proféré une parole, Hank Marslowe se fit tout petit. Il y avait un pouvoir caché et comme une menace voilée dans ce petit rire, et le robuste éleveur n'osa pas porter la main à son arme.

Graham n'en pensa pas moins que c'était un ricanement sournois mais il se fit tout petit, et n'osa pas porter la main à son arme.

MacDunlap se précipita dans la brèche ouverte par le court silence qui suivit.

— Vous voyez bien, Graham. Pourquoi risquer des ennuis avec un fantôme ? Les fantômes ne sont pas des êtres raisonnables. Ce ne sont pas des *êtres humains !* Si c'est une augmentation de votre pourcentage sur les ventes que vous voulez...

— Auriez-vous l'obligeance de cesser de parler gros sous ? fulmina Graham. Dorénavant, je n'écrirai plus que des grands romans sur les hommes et sur les passions qui les déchirent.

Le visage rougeaud de MacDunlap changea tout à coup d'expression.

— Non, dit-il.

— Justement, à ce propos, si vous me permettez de changer de sujet l'espace d'un instant...

La voix de Graham devint si suave et si sirupeuse qu'on l'eût crue enrobée de miel.

— J'ai ici un manuscrit que j'aimerais que vous lisiez.

Et de saisir un MacDunlap suant à grosses gouttes par le revers du veston.

— C'est le fruit de cinq années de travail. Un roman qui vous prendra aux tripes. Un roman qui vous secouera jusqu'aux tréfonds de votre être. Un roman qui vous ouvrira des horizons nouveaux. Un roman qui...

— Non, dit MacDunlap.

— Un roman qui démasque l'hypocrisie de ce monde. Un roman qui, par-delà les ténèbres et les faux-semblants, atteint à la vérité. Un roman...

MacDunlap ne pouvant lever la main plus haut, dut prendre le manuscrit.

— Non, dit-il.

— Bon sang de bonsoir, le lirez-vous, oui ou non ? demanda Graham.

— Tout de suite ?

— Eh bien, vous pourriez le commencer.

— Écoutez, je vous promets de le lire demain, après-demain au plus tard. Il faut que je prenne mon sirop pour la toux, maintenant.

— Vous n'avez pas toussé une seule fois depuis que je suis là.

— Je vous ferai connaître ma décision aussitôt que...

— Voici la première page, interrompit Graham. Vous pourriez commencer à la lire. Vous serez subjugué, vous verrez.

Mac Dunlap lut les deux premiers paragraphes et dit :

— Ça se passe dans une ville minière ?

— Oui.

— Alors je ne peux pas le lire. Je suis allergique à la poussière de charbon.

— Mais ce n'est pas de la vraie poussière de charbon, Mac Demeuré.

— Je vous rappelle que vous avez dit la même chose au sujet de Meister, fit remarquer Mac Dunlap.

Reginald de Meister tapota une cigarette contre le dos de sa main et Graham comprit immédiatement en observant son geste qu'il venait de prendre une soudaine décision.

— Tout cela est d'un ennui sans bornes, messieurs. Le moins qu'on puisse dire, c'est qu'on tourne autour du pot. Allez-y carrément, MacDunlap, inutile de prendre des gants avec lui.

MacDunlap prit son courage à deux mains et attaqua.

— Je ne vois pas pourquoi je vous ménagerais, môssieur Dorn. Au lieu de me donner du Meister, vous me donnez de la poussière de charbon. Et au lieu de me laisser profiter de la plus grosse campagne de publicité du siècle, vous me proposez du « social ». Alors voilà, monsieur le Fier-à-bras. Si dans une semaine à dater d'aujourd'hui vous n'avez pas accepté de passer par mes conditions, vous serez mis à l'index par toutes les maisons d'édition respectables des États-Unis et de l'étranger.

Il agita son index tendu et ajouta en criant :

— U.R.S.S. et pays scandinaves compris !

Graham Dorn ne put réprimer un rire moqueur.

— Taratata, dit-il. Fi, le naïf. Il se trouve que je suis membre du Syndicat des écrivains, et que si vous essayez de me causer des ennuis, c'est *vous* qui vous retrouverez mis à l'index. Ça vous en bouche un coin, ça, hein ?

— Ça ne me bouche rien du tout. Si je vous disais que je suis en mesure de prouver que vous êtes un plagiaire ?

— Moi ? hoqueta Graham une fois qu'il se fut péniblement remis d'une crise de fou rire. Moi, l'écrivain le plus original de sa génération ?

— Ah oui ? Peut-être ne vous souvenez-vous pas qu'à l'occasion de chacune de ses enquêtes, vous citez en passant des extraits de notes prises par Meister lors d'affaires antérieures.

— Et alors ?

— Et alors, il les a, ces notes. Reginald mon garçon, montrez à M. Dorn les carnets de notes de votre dernière enquête. Vous voyez, ça, c'est le *Mystère de la borne kilométrique*. Il contient toute l'intrigue de votre roman, jusqu'au moindre détail, jusqu'au plus petit incident — et il est daté d'un an avant la sortie du livre. Très authentique.

— Et alors ?

— Avez-vous le droit de copier son carnet de notes et d'aller le vendre aux gens en prétendant que c'est un roman ?

— Non, mais écoutez-moi un peu ce poliomyélitique mental. Ces notes, c'est moi qui les ai inventées !

— Ah oui ? Elles sont écrites de la main de

Reginald, pourtant, comme pourra l'attester le premier graphologue venu. À moins que vous n'ayez un quelconque papier, un contrat ou un accord écrit qui vous donne le droit d'utiliser ses notes ?

— Comment passe-t-on un accord avec un personnage fictif ?

— Quel personnage fictif ?

— Vous savez aussi bien que moi que Meister n'existe pas.

— Ah ! mais le jury le sait-il ? Quand j'aurai témoigné que j'ai pris trois pilules pour le foie et qu'il n'a pas disparu, quel jury se hasardera à dire qu'il n'existe pas ?

— C'est du chantage.

— Tout juste. Je vous donne une semaine pour réfléchir. Autrement dit, sept jours.

Graham Dorn se tourna désespérément vers Meister.

— Vous êtes dans le coup, vous aussi. Dans mes livres, je vous attribue un grand sens de l'honneur. Vous trouvez cela honorable ?

Meister haussa les épaules.

— Pourquoi pas, mon cher ? Même hanter les gens est honorable.

Graham se leva.

— Où allez-vous ?

— Chez moi pour vous écrire une lettre.

Graham fronça les sourcils d'un air résolu.

— Et cette fois, je la posterai. Je ne céderai pas. Je me battrai jusqu'à mon dernier souffle. Et Meister, si vous vous risquez à me hanter une seule fois, je vous arrache la tête et j'éclabousse de votre sang le nouveau complet-veston de MacDunlap.

Il s'éloigna à grandes enjambées, et tandis qu'il franchissait la porte du restaurant et disparaissait, Meister disparaissait sans avoir rien franchi du tout.

MacDunlap laissa échapper un petit cri et absorba coup sur coup une pilule pour le foie, une pilule pour les reins et une cuillerée à café de sirop pour la toux.

Graham Dorn était assis dans le salon de June, et ayant consommé ses ongles depuis longtemps, il s'attaquait présentement à ses premières phalanges.

June n'était pas dans la pièce pour le moment, et Graham se dit que c'était tout aussi bien ainsi. Une gentille fille, en vérité ; gentille et douce. Mais à l'heure actuelle, ce n'était pas à elle qu'il pensait.

Son esprit était occupé par une série écœurante de flash-backs évoquant les événements qui avaient jalonné les six derniers jours :

— Dis donc, Graham, j'ai rencontré ton associé au club, hier. Tu sais, Meister. Ça m'a fait un choc. J'étais persuadé que c'était une sorte de Sherlock Holmes qui n'existait pas. Là, tu m'en bouches un coin, mon vieux. Je ne savais pas... Eh ! Où vas-tu ?

— Eh, Dorn. J'ai entendu dire que ton patron, Meister, était de retour. Il devrait pouvoir te filer suffisamment de tuyaux pour écrire un nouveau bouquin, bientôt. Ça doit être drôlement bien d'avoir quelqu'un qui vous pond vos romans tout faits, pour que vous n'ayez plus qu'à les écrire... Hein ? Bon, eh bien — euh — au revoir.

— Eh bien, mon petit Graham chéri, où étiez-vous donc passé hier soir ? Sans vous, la soirée d'Ann était ratée d'avance. Ou plutôt, elle aurait été ratée s'il n'y avait pas eu Reggie de Meister. Il a demandé après vous — il devait se sentir perdu sans son fidèle Watson. Ça doit être formidable d'être le Watson d'un tel... *Monsieur* Dorn ! Vous en êtes un autre, monsieur !

— Vous nous avez bien eus. Je croyais que vous inventiez ces trucs insensés. Pour une fois que la vérité dépasse la fiction ; ha ! ha !

— La police dément avoir bénéficié de l'aide du célèbre criminologiste amateur Reginald de Meister pour la résolution de cette affaire. Nos reporters ne purent joindre M. de Meister lui-même pour obtenir confirmation. M. de Meister est connu du grand public pour la façon brillante dont il a résolu plus d'une demi-douzaine d'affaires criminelles — affaires qui ont été retracées sous forme de roman par celui qu'on appelle son « Watson », M. Grayle Doone.

Graham frémit et ses membres furent saisis de tressaillements incontrôlables tant son désir de tuer était devenu violent. Meister le hantait, et le hantait bien. Il avait mis sa terrible menace à exécution : Graham perdait peu à peu son identité.

Il lui fallut un certain temps pour comprendre que la sonnerie monotone qui se faisait entendre depuis quelque temps déjà ne venait pas de l'intérieur de son crâne mais au contraire de la porte d'entrée.

Tel semblait être également l'avis de Mlle June Billings, dont la voix perçante descendit en trombe la cage d'escalier et vint lui assener un uppercut meurtrier aux tympans.

— Eh, ahuri. Va donc ouvrir avant que les vibrations ne fassent s'écrouler la maison. Je descends dans une demi-heure.

— Oui, chérie !

Graham alla jusqu'à l'entrée d'un pas traînant et ouvrit la porte.

— Ah ! tout de même. Salutations, dit Meister.

Il entra sans façon.

Graham posa sur lui un regard éteint, puis écarquilla les yeux et poussa un grognement bestial. Il adopta la posture dite du gorille, pour laquelle le vigoureux mâle américain manifeste une prédilection marquée dans les situations comme celle-ci, et fit le tour du détective. Celui-ci parut légèrement déconcerté.

— Mon cher, vous n'êtes pas souffrant, au moins ?

— Je ne suis pas souffrant, expliqua Graham. Mais vous serez bientôt libéré pour toujours des terribles soucis que vous causent mon état de santé, car je vais de ce pas baigner mes mains dans votre sang.

— Il ne faudra pas oublier de les laver après, dites donc. Ce serait un indice par trop flagrant, vous ne croyez pas ?

— Ce badinage futile n'a que trop duré. Avez-vous une dernière déclaration à faire avant de mourir ?

— Non, pas particulièrement.

— Tant mieux. Vos dernières déclarations ne m'intéressent pas.

Passant soudainement à l'action, il se rua sur le pauvre Meister avec toute l'impétuosité d'un éléphant en pleine charge. Meister se déroba vers la gauche, lança un pied et un bras, et Graham décrivit une courbe parabolique qui se termina par la destruction totale d'un guéridon, d'un vase de fleurs, d'un bocal de poissons rouges et d'un mètre cinquante de mur.

Graham cligna des yeux et débarrassa son arcade sourcilière du poisson rouge un peu trop curieux qui s'y était aventuré.

— Mon pauvre ami, murmura Meister. Oh ! mon pauvre ami !

Graham se souvint, malheureusement un peu tard, de ce passage de *Symphonie pour un massacre* :

Meister riposta, vif comme l'éclair, et en quelques mouvements rapides et précis, il mit les deux tueurs hors de combat. Grâce à sa connaissance experte du judo, qu'il préférait à l'emploi de la force brutale, il les avait vaincus facilement et sans aucun effort apparent. Les tueurs gémirent de douleur.

Graham gémit de douleur.

Il souleva sa cuisse droite de quelques centimètres pour permettre à son fémur déboîté de reprendre sa place.

— Vous ne voulez pas vous relever, mon ami ?

— Je resterai ici, répliqua dignement Graham, à contempler le plancher de profil, et ce jusqu'à ce que l'envie m'en passe où que mes muscles acceptent de fonctionner normalement, peu m'importe. Et maintenant, avant que je ne prenne d'autres mesures à votre encontre, qu'est-ce que vous voulez ?

Reginald de Meister ajusta son monocle.

— Vous savez, je suppose, que l'ultimatum de MacDunlap expire demain.

— Et vous et lui avec, j'espère.

— Vous refusez de revenir sur votre décision.

— Ha !

— Vraiment, soupira Meister, tout cela est d'un ennui mortel. Vous m'avez rendu la vie assez confortable en ce bas monde. Après tout, dans vos livres vous m'avez rendu célèbre dans les clubs les plus fermés et dans les meilleurs restaurants de la ville. Vous avez fait de moi l'ami intime du maire et du préfet de police, le propriétaire d'un luxueux appartement sur Park Avenue et d'une magnifique collection de tableaux. Et le fait d'exister hors de vos livres ne m'empêche en rien de profiter de tout cela. C'est vraiment touchant, quand on y pense.

— Vous seriez étonné, dit Graham d'un air méditatif, de l'intensité avec laquelle je ne vous écoute pas et de la netteté avec laquelle je n'entends pas un mot de ce que vous dites.

— Malgré tout, poursuivit Meister, je ne puis nier que mon monde livresque me convient mieux. Il a quelque chose de plus fascinant, il est moins tributaire des règles étroites de la logique, plus affranchi des sordides nécessités de ce monde. Bref, il faut que j'y retourne, et en tant que participant actif. Je vous donne jusqu'à demain.

Graham chantonna un petit air folâtre d'une voix pas si folâtre que ça.

— Est-ce une nouvelle menace, monsieur de Meister ?

— C'est la vieille menace intensifiée. Je vais vous voler jusqu'au dernier vestige de votre personnalité. Et l'opinion publique finira bien par vous forcer à écrire et — si vous me permettez de vous paraphraser — de reprendre votre rôle d'homme-de-paille-de-Meister-dans-toute-sa-splendeur. Vous avez vu les épithètes flatteuses dont les journalistes vous ont couvert aujourd'hui, mon cher ?

— Oui, monsieur Duchenoque. Et vous, est-ce que vous avez lu l'entrefilet qui se trouve en page 10 du même journal ? Je me ferai un plaisir de vous le lire. « Éminent criminologiste versé dans la catégorie 1-A [1]. Selon le conseil de révision, son appel sous les drapeaux serait imminent. »

L'espace d'un instant, de Meister ne fit ni ne dit rien. Puis, l'un après l'autre, il fit les gestes suivants : il enleva lentement son monocle, s'assit lourdement, se frotta distraitement le menton, et alluma une cigarette après l'avoir longuement

1. La première des quelque vingt catégories dans lesquelles peuvent être versés les jeunes Américains en âge de faire leur service militaire, suivant leur aptitude physique, leur situation de famille, etc. (*N.d.T.*)

tapotée contre le dos de sa main. L'œil exercé et expert de Graham reconnut en chacun de ces gestes un signe de profond désarroi chez son personnage.

Et Graham ne se souvenait pas que Meister se fût jamais, dans ses livres, livré à ces quatre opérations l'une après l'autre.

Finalement, Meister parla.

— Pourquoi vous avez éprouvé le besoin de parler de mobilisation dans votre dernier livre, je ne le comprendrai jamais. Cette manie de se tenir à la pointe de l'actualité, ce désir infernal d'être à la page est le fléau du roman policier. Une vraie énigme est éternelle ; elle ne devrait avoir aucun rapport avec les événements du monde extérieur ; elle devrait...

— Vous avez un moyen très simple d'échapper à l'incorporation, dit Graham.

— Négligence criminelle, poursuivit Meister.

— Écoutez ! Réintégrez vos livres et vous n'irez pas au casse-pipe.

— Écrivez-les et je le ferai.

— Pensez à la guerre.

— Pensez à votre amour-propre.

Les deux hommes farouches et résolus étaient face à face (ou l'auraient été si Graham n'avait conservé sa position horizontale) et ni l'un ni l'autre n'était décidé à céder.

Impasse !

La voix douce et féminine de June Billings brisa le silence et la tension qui montait entre eux.

— Puis-je vous demander, monsieur Graham

Dorn, ce que vous faites par terre ? Le sol a été balayé ce matin, et ce n'est pas très flatteur de votre part d'essayer d'améliorer le travail.

— Je ne balaie pas ta moquette, répondit gentiment Graham. Si tu regardais bien, tu verrais que ton fiancé adoré n'est qu'un amas de plaies et de bosses et qu'il gît sur ce tapis comme sur un lit de douleur.

— Tu as abîmé mon guéridon !

— Je me suis cassé la jambe.

— Et ma plus belle lampe.

— Et deux côtes.

— Et mon bocal à poissons.

— Et ma pomme d'Adam.

— Tu ne me présentes pas ton ami ?

— Et mes vertèbres cervi... Quel ami ?

— Celui-ci.

— Mon ami ? Ha !

Ses yeux s'embuèrent. Elle était si jeune, si fragile pour entrer en contact avec les dures réalités de la vie.

— Je te présente Reginald de Meister, marmonna-t-il d'une voix éteinte.

À ce moment, Meister cassa une cigarette en deux d'un geste sec qui trahissait une très forte émotion.

— Mais, mais... vous êtes différent de ce que j'imaginais, dit lentement June.

— Comment pensiez-vous que j'étais ? demanda Meister d'une voix douce et sensuelle.

— Je ne sais pas. Différent, d'après ce qu'on m'a raconté.

— D'une certaine façon, mademoiselle Billings, vous me rappelez Letitia Reynolds.

— Graham m'a dit qu'il l'avait façonnée d'après moi.

— Une bien pâle imitation, mademoiselle Billings. Vraiment bien pâle.

Ils étaient à vingt centimètres l'un de l'autre à présent, les yeux dans les yeux, et Graham poussa un cri. Il se releva vivement tandis que le souvenir cuisant d'une petite phrase qu'il aurait préféré n'avoir jamais écrite lui revenait à la mémoire.

Elle figurait dans *L'Affaire de la galoche perdue*. Ainsi d'ailleurs que dans *Meurtres en rose*. Et dans *La Tragédie de Hartley Manor, Mort d'un chasseur, Le Scorpion blanc*, et, pour tout dire dans tous ses autres livres sans exception.

La petite phrase était la suivante :

Il y avait chez Meister quelque chose de fascinant qui exerçait sur les femmes une attraction irrésistible.

Et June Billings — Graham s'en souvenait parfois à ses moments perdus — était une femme.

Et elle suait littéralement la fascination par tous les pores de sa peau au point que la pièce en était inondée.

— June, sors de cette pièce à l'instant, ordonna-t-il.

— Je n'en ferai rien.

— Je dois parler avec M. de Meister d'homme à homme. J'exige que tu sortes.

— Je vous en prie, partez, dit Meister.

June hésita et dit d'une toute petite voix :

— Très bien.

— Attends ! cria Graham. Tu n'as pas d'ordres à recevoir de lui. J'exige que tu restes.

Elle ferma doucement la porte derrière elle.

Les deux hommes se firent face. Il y avait quelque chose dans le regard de l'un comme de l'autre qui dénotait une forte personnalité poussée jusque dans ses derniers retranchements. Un observateur éventuel aurait pu y lire un antagonisme farouche et intransigeant. Pas de compromis, pas de quartier. C'était exactement le genre de situation que Graham Dorn présentait toujours à ses lecteurs : deux hommes résolus, décidés à se battre jusqu'au bout pour une main, un cœur, une femme.

Tous deux s'exclamèrent simultanément :

— Faisons un marché !

— Vous m'avez convaincu, Reggie. Nos lecteurs ont besoin de nous. Demain je vais commencer un nouveau roman dont vous serez le héros. Serrons-nous la main et oublions le passé.

Meister avait du mal à contenir son émotion. Il posa sa main sur l'épaule de Graham.

— Mon cher, c'est moi qui ai été convaincu par la logique de votre raisonnement. Je ne peux pas vous laisser vous sacrifier pour moi. Il y a de grandes choses en vous qui ne demandent qu'à être exprimées. Écrivez vos romans sur les mineurs. Ils comptent, eux — moi pas.

— Je ne le pourrais pas, mon vieux. Pas après tout ce que vous avez fait et tout ce que vous avez représenté pour moi. Demain, nous repartirons sur de nouvelles bases.

— Graham, mon père spirituel, je ne saurais te laisser faire une chose pareille. Crois-tu donc que je n'ai pas de sentiments, de sentiment *filiaux* à ton égard, spirituellement parlant ?

— Mais la guerre. Pense à la guerre. Les corps déchiquetés. Le sang. Tout ça.

— Je dois rester. Mon pays a besoin de moi.

— Mais si je cesse d'écrire, tu finiras un jour par cesser d'exister. Cela, je ne puis le permettre.

— Oh ! ça, fit Meister en riant avec une élégante désinvolture. Les choses ont changé, tu sais. Tant de gens croient à mon existence maintenant que ma prise sur la vie réelle est devenue trop ferme pour pouvoir être brisée. Je n'ai plus à craindre de sombrer dans l'oubli.

— Ah ! siffla Graham entre ses dents. Alors comme ça tu avais tout prévu, espèce de chacal. Tu crois que je n'ai pas compris que tu étais entiché de June ?

— Tout doux, l'ami, dit Meister avec hauteur. Je ne vous permettrai pas de dire du mal d'un amour pur et sincère. J'aime June, et June m'aime — je le sais. Et si vous avez l'intention de jouer les soupirants offensés et les empêcheurs de danser en rond, vous pouvez aller boire un litre de nitroglycérine et vous taper dessus avec un marteau.

— C'est vous que je vais nitroglycériner ! Parce que je rentre chez moi de ce pas écrire une nouvelle aventure de Reginald de Meister. Vous y figurerez, et vous serez forcé de réintégrer mes bouquins. et qu'est-ce que vous dites de ça ?

— Rien du tout, parce que vous ne pourrez pas

écrire une nouvelle aventure de Reginald de Meister. J'existe de façon trop concrète maintenant, et vous ne pouvez plus faire de moi ce que bon vous semble. Qu'est-ce que vous dites de *ça ?*

Il fallut une semaine à Graham pour décider ce qu'il disait de ça, et lorsque finalement il le dit, ses paroles se révélèrent absolument impubliables.

En fait, il lui était totalement impossible d'écrire une ligne.

C'est-à-dire qu'il avait continuellement des idées géniales pour de grands romans, des pièces de théâtre poignantes, des poèmes épiques, des essais brillants... mais lorsqu'il s'agissait d'écrire sur Reginald de Meister, c'était le trou.

Sa machine à écrire était tout simplement à court de R majuscules.

Graham pleura, jura, s'arracha les cheveux et enduisit l'extrémité de ses doigts d'un baume spécial. Il essaya la machine à écrire, le stylo, le crayon, la craie, le charbon et le sang.

Rien n'y fit.

Quelqu'un sonna à la porte d'entrée et Graham ouvrit de mauvaise grâce.

MacDunlap entra, l'air traqué, trébucha sur le premier monceau de feuilles de papier déchirées et tomba directement dans les bras de Graham.

Ce dernier n'esquissa pas un geste pour le retenir dans sa chute.

— Ha ! fit-il avec un air de dignité glaciale.

— Mon cœur ! dit MacDunlap, et il chercha frénétiquement ses pilules pour le foie.

— Si vous devez mourir, allez le faire ailleurs,

suggéra courtoisement Graham. Mon concierge ne me laisserait pas jeter de la chair humaine dans l'incinérateur de l'immeuble.

— Graham, mon garçon, dit MacDunlap d'une voix vibrante d'émotion, finis les ultimatums, finies les menaces. Cette fois, je viens faire appel à ce qu'il y a de plus beau, de plus noble en vous, Graham...

Il faillit s'étrangler d'émotion, puis poursuivit :

— Je vous aime comme un fils. Cette hyène de Meister doit disparaître. Vous devez continuer la série, ne fût-ce que pour m'épargner un sort affreux. Graham, je vais vous dire quelque chose sous le sceau du secret. Ma femme est tombée amoureuse de ce détective. Elle m'accuse de ne pas être assez romantique. Moi ! Pas assez romantique ! Vous vous rendez compte !

— Je me rends compte, répondit l'autre d'une voix tragique. Il fascine toutes les femmes.

— Avec la tête qu'il a ? Et son monocle ?

— C'est écrit en toutes lettres dans tous mes livres.

MacDunlap se raidit.

— Aha ! C'est encore de votre faute, tout ça. Bougre d'idiot ! si seulement, lorsque vous écrivez, vous vous arrêtiez de taper le temps que votre cerveau se tienne au courant de ce que votre machine est en train d'écrire.

— C'est vous qui avez insisté. Pour satisfaire la clientèle féminine.

Chez Graham, l'indignation avait fait place à une sorte d'indifférence. Les femmes ! Il ricana amèrement. Remarquez bien qu'elles ne posaient aucun problème que quelques tonnes de T.N.T. ne fussent en mesure de résoudre.

MacDunlap toussota.

— Oui, évidemment. Très important, la clientèle féminine. Mais Graham, que puis-je faire ? S'il ne s'agissait que de ma femme. Mais elle est propriétaire de 50 % des actions des Éditions MacDunlap, Inc. Si elle me quitte, je perds le contrôle de ma propre société. Réfléchissez à ce que cela voudrait dire, Graham. Quelle catastrophe pour le monde de l'édition !

— Bill, mon ami.

Graham poussa un soupir si profond qu'il sentit les vibrations se propager jusqu'à ses doigts de pieds.

— Autant vous le dire. June, vous savez, ma fiancée, est pâmée d'amour devant ce chien galeux. Et lui est amoureux d'elle parce qu'elle est le prototype de Letitia Reynolds.

— Le quoi de Letitia Reynolds ? demanda MacDunlap, soupçonnant quelque insulte.

— Peu importe. Ma vie est gâchée.

Il sourit courageusement et retint les larmes peu viriles qui lui montaient aux yeux, après que les deux premières eurent dégouliné jusqu'au bout de son nez.

— Mon pauvre garçon !

Ils se serrèrent convulsivement les mains.

— Acculés dans un piège par ce monstre infâme, dit Graham.

— Coincés comme des Allemands en Russie, renchérit MacDunlap.

— Victimes d'un adversaire diabolique et inhumain, ajouta Graham.

— Exactement, dit MacDunlap.

Il pétrissait la main de Graham comme s'il trayait une vache.

— Faute de pouvoir expédier ce suppôt de Satan directement en enfer, il est impératif que vous écriviez de nouvelles aventures de Meister pour le renvoyer à son existence fictive. Vous n'êtes pas d'accord avec moi ?

— Je suis d'accord avec vous. Seulement il y a un os.

— Quel os ?

— Je ne peux pas écrire. Il est tellement réel maintenant que je ne *peux plus* l'enfermer dans un livre.

MacDunlap établit le rapport entre ce que Graham venait de dire et les morceaux de papier froissé qui jonchaient le sol.

— Ma société ? Ma femme ! gémit-il en se tenant la tête à deux mains.

— Il y a toujours l'Armée, dit Graham.

MacDunlap releva la tête.

— Et *Meurtre à l'entrepont*, que j'ai refusé il y a trois semaines ?

— Ça ne compte pas. C'est du passé, et ça l'a déjà affecté.

— Sans avoir été publié ?

— Bien sûr. C'est dans ce livre-là que j'ai parlé

du conseil de révision. Celui qui l'a déclaré apte et mis dans la catégorie 1-A.

— Je connais un tas d'endroits plus sympathiques où le mettre, si cela ne tenait qu'à moi.

— MacDunlap !

Graham avait bondi et saisi l'éditeur par le revers de sa veste.

— Peut-être qu'on peut le remanier ! s'écria-t-il.

MacDunlap fut pris d'une terrible quinte de toux et émit un grognement étranglé.

— On peut y apporter les changements qu'on veut.

MacDunlap étouffait.

— On peut arranger les choses.

MacDunlap devint cramoisi.

Graham secoua le revers de la veste et tout ce qui y était rattaché.

— Mais dites quelque chose, à la fin !

MacDunlap se libéra de son étreinte et avala une cuillerée de sirop. Il posa la main sur son cœur et lui donna quelques petites tapes de réconfort. Puis il secoua la tête et leva les sourcils.

Graham haussa les épaules.

— Si vous préférez rester planté comme un piquet à vous lamenter sur votre propre sort, libre à vous de le faire. Je remanierai *Meurtre à l'entrepont* tout seul.

Il dénicha le manuscrit et essaya précautionneusement ses doigts sur le clavier de la machine à écrire. Ils fonctionnaient sans à-coups et pratiquement sans craquements au niveau des articulations.

Il accéléra, accéléra encore, et atteignit sa vitesse de croisière habituelle, la machine à écrire portative tressautant joyeusement sous le panache familier de fumée blanche.

— Ça marche ! cria-t-il. Je ne peux pas écrire de nouveaux livres, mais j'arrive à en remanier de vieux qui n'ont pas été publiés !

MacDunlap, planté derrière lui, regardait pardessus son épaule, et pour un peu il en aurait oublié de respirer.

— Plus vite, dit MacDunlap.

— Plus vite que 50 km/h ? gronda Graham d'un ton désapprobateur. Soit, n'en déplaise à l'O.P.A. [1]. Il ne nous reste que cinq minutes.

— Vous êtes sûr qu'il sera là ?

— Il est toujours là. Il a été la voir chez elle tous les soirs cette semaine.

Il cracha ce qui restait de ses incisives, qu'il avait réduites à l'état d'une fine poussière d'émail à force de grincer des dents.

— J'espère que votre secrétaire se montrera à la hauteur.

— Mon garçon, je vous garantis que vous pouvez compter sur ma secrétaire.

— Il faut qu'elle ait lu la version remaniée avant 9 heures.

— Espérons qu'elle n'aura pas une crise cardiaque entre-temps.

1. L'Office d'administration des prix, qui était chargé de rationnement de l'essence pendant la guerre. *(N.d.T.)*

— Avec la veine que j'ai, ça ne m'étonnerait pas. Elle marchera ?

— Elle courra, vous voulez dire. Elle a vu Meister. Elle *sait* qu'il existe.

Les pneus hurlèrent tandis qu'ils s'arrêtaient, et Graham frémit intérieurement pour chaque particule de caoutchouc restée sur l'asphalte.

Il monta les escaliers quatre à quatre, suivi d'un MacDunlap moins leste mais tout aussi pressé.

Graham sonna et entra en coup de vent. Reginald de Meister, qui se tenait juste derrière la porte, reçut le plein impact d'un index tendu, et ne dut qu'à un brusque mouvement de la tête vers l'arrière de ne pas devenir le « N'a-qu'un-œil » de la littérature policière.

June Billings se tenait non loin de là, silencieuse et mal à l'aise.

— Reginald de Meister, gronda Graham, c'en est fait de vous !

— Ça, dit MacDunlap, je vous garantis que vous allez regretter d'être né.

— Puis-je savoir, demanda Meister, ce qui me vaut l'honneur de cette déclaration dramatique mais un tant soit peu sibylline ? Le moins qu'on puisse dire, c'est que vous n'êtes pas très explicites.

Il alluma une cigarette avec son élégance habituelle et sourit.

— Bonjour, Gramie, dit June d'une voix larmoyante.

— Hors de ma vue, femelle indigne.

June renifla. Elle avait l'impression d'être une héroïne de roman, déchirée par ses émotions contradictoires. Naturellement, elle s'amusait comme une petite folle.

Elle laissa donc couler ses larmes et prit un air cornélien.

— Pour revenir à nos moutons, auriez-vous l'obligeance d'éclairer ma lanterne ? demanda Meister d'une voix lasse.

— J'ai remanié *Meurtre à l'entrepont*.

— Eh bien ?

— La version remaniée est actuellement entre les mains de la secrétaire de M. MacDunlap, une jeune femme du genre de Mlle Billings, mon ex-fiancée. Autrement dit, c'est une fille qui aspire à devenir une demeurée, mais a encore du chemin à faire pour y arriver. Elle ne demande qu'à y croire.

— Eh bien ?

La voix de Graham se fit menaçante.

— Vous vous souvenez sans doute de Sancha Rodriguez ?

Pour la première fois, Meister frémit. Il rattrapa au vol la cigarette qui lui tombait des lèvres.

— Elle se faisait tuer par Sam Blake dans le sixième chapitre. Elle était amoureuse de moi. Vraiment, mon cher, vous me fourrez parfois dans des situations impossibles.

— Ce n'est rien à côté de ce qui vous attend, mon vieux. Sancha Rodriguez *ne meurt pas* dans la version remaniée.

— Moi, mourir ? fit une voix de femme stridente mais parfaitement distincte. Je vais lui montrer, moi, si je suis morte. Et peut-on savoir où tu étais passé depuis un mois, espèce de traître ?

Cette fois, Meister ne fit pas un geste pour rattraper sa cigarette. Il avait reconnu l'apparition. Aux yeux d'un observateur non averti, ce n'aurait été peut-être qu'une mince jeune femme au type latin assez accentué, dotée de deux yeux noirs qui lançaient des éclairs et de longs ongles rutilants, mais pour Meister, c'était Sancha Rodriguez — *ressuscitée !*

La secrétaire de MacDunlap avait lu et avait cru.

— Mademoiselle Rodriguez, susurra Meister d'une voix séductrice, quelle joie de vous revoir.

— On a eu vite fait de l'oublier, la future Mme de Meister, pas vrai, espèce d'hypocrite, de faux jeton, espèce d'excrément de la terre, de vipère lubrique. Et qui est cette femme ?

June se mit dignement en lieu sûr derrière une chaise.

— Voyons, *Madame* de Meister..., dit Meister d'une voix suppliante en se tournant désespérément vers Graham Dorn.

— Alors tu as déjà oublié toutes tes belles promesses, c'est bien ça, monsieur le Beau Parleur ? Attends un peu, je vais te montrer ce que ça coûte d'abuser une faible femme. Je vais te hacher menu comme chair à pâté avec mes ongles.

Meister battit frénétiquement en retraite.

— Mais chérie...

— N'essaie pas de m'avoir au charme. Que fais-tu ici avec cette femme ?

— Mais chérie...

— Tais-toi ! Que fais-tu ici avec cette femme ?

Reginald de Meister était acculé dans un coin de la pièce et Mme de Meister lui agitait son poing serré sous le nez.

— Réponds-moi !

Meister disparut.

Mme de Meister disparut à ses trousses.

June Billings éclata en vrais sanglots.

Graham Dorn croisa les bras et la regarda sévèrement.

MacDunlap se frotta les mains et avala une pilule pour les reins.

— Ce n'était pas ma faute, Gramie, dit June. Tu disais dans tes livres qu'il fascinait toutes les femmes, alors ça a été plus fort que moi. Mais au fond de moi-même, je l'ai toujours détesté. Tu me crois, n'est-ce pas ?

— La belle histoire ! dit Graham en s'asseyant à côté d'elle sur le divan. Mais je te pardonne peut-être.

— Mon garçon, dit MacDunlap d'une voix émue, vous avez sauvé mes actions. Et ma femme aussi, bien sûr. Et n'oubliez pas : vous m'avez promis une aventure de Meister par an.

— Une seule, grinça Graham, et je ferai de mon mieux pour lui rendre la vie impossible. De plus, je garderai toujours un roman inédit à portée de la main, pour parer à toute éventualité. Et vous publierez mon roman, n'est-ce pas, mon vieux Bill ?

— Gloup, fit MacDunlap.

— Non ?

— Si, Graham. Bien sûr, Graham. Certainement, Graham. Assurément, Graham.

— Laissez-nous, maintenant, je vous prie. Il est certaines questions importantes dont je dois discuter avec ma fiancée.

MacDunlap sourit et sortit sur la pointe des pieds.

Ah ! l'amour, l'amour ! se dit-il en avalant une pilule pour le foie qu'il arrosa d'une cuillerée de sirop.

Cette nouvelle appelle deux observations. Tout d'abord, il me semble que j'ai manié le sentiment avec une plus grande aisance que dans n'importe laquelle de mes nouvelles précédentes. Peut-être faut-il attribuer cela au fait que c'était la première nouvelle que j'écrivais en tant qu'homme marié.

Ensuite, il y avait des allusions très précises au rationnement, à la mobilisation, et à d'autres phénomènes sociaux qui préoccupaient tout le monde au cours de la Seconde Guerre mondiale. J'avais prévenu Bensen de l'existence de ces allusions et de l'impossibilité de les supprimer, étant donné qu'elles faisaient partie intégrante du récit. Bensen, toutefois, ne s'en inquiéta guère, et dans la courte note de présentation qui précédait ma nouvelle, il écrivit : « Et ne vous en faites pas pour les allusions à l'O.P.A. et à la mobilisation. Considérez-les comme faisant partie de la toile de fond historique, tout comme vous le feriez d'un passe-lacet ou de falbalas dans un récit écrit à une époque plus reculée. »

Je ne puis que réitérer ici son conseil.

Si je m'étais reposé sur mes lauriers pendant quelques mois après que *Author ! Author !* eut été accepté, la mort d'*Unknown* m'aurait peut-être découragé. Cela aurait semblé confirmer que je n'étais pas, après tout, destiné à remettre ma carrière littéraire en prise, après ce long intermède en roue libre, et peut-être que là encore, ma vie aurait pris une orientation toute différente. Mais moins de trois semaines après avoir reçu le chèque de Campbell, je me remis à la machine à écrire. Il s'agissait cette fois d'une nouvelle de science-fiction que je baptisai *Death Sentence*. À cette époque, je n'écrivais encore qu'avec lenteur : sept semaines pour une nouvelle de 7200 mots. Le 29 juin, pourtant, je l'envoyai à Campbell, et il l'accepta le 8 juillet — de nouveau un cent un quart par mot.

Lorsque j'appris la nouvelle de la disparition d'*Unknown*, la déception que j'en éprouvai fut compensée dans une certaine mesure par le fait que j'avais déjà écrit et « vendu » une autre nouvelle.

Arrêt de mort

Brand Gorla eut un sourire embarrassé.

— Vous ne croyez pas que vous exagérez un peu ?

— Non, non, non !

Le petit homme cligna ses yeux roses d'albinos avec impatience.

— Dorlis était grande lorsque aucun être humain n'avait encore pénétré dans le système végan. C'était la capitale d'une confédération galactique plus importante que la nôtre.

— Eh bien, disons, si vous voulez, que Dorlis était une ancienne capitale, et laissons à un archéologue le soin de procéder à un examen plus approfondi de la chose.

— Ce n'est pas un travail pour un archéologue. Ce que j'ai découvert exige un spécialiste de la question. Et vous faites partie du Conseil.

Brand Gorla eut l'air sceptique. Il se souvenait du Theor Realo qu'il avait connu à l'université — un petit bonhomme tout blanc qui rôdait quelque part au fin fond de ses réminiscences. Il y avait longtemps de cela, mais l'albinos était déjà, à l'époque, un type bizarre. De cela, au moins, il se souvenait. Et il n'avait pas changé.

— Je veux bien essayer de vous aider, dit Brand, mais il faudrait que vous me disiez ce que vous attendez de moi.

Theor le regarda attentivement.

— Je veux que vous soumettiez un certain nombre de faits au Conseil. Me le promettez-vous ?

Brand voulait éviter de se compromettre.

— Même si je vous accorde mon soutien, Theor, je dois vous rappeler que je ne suis membre du Conseil psychologique que depuis peu. Je n'ai pas beaucoup d'influence.

— Vous devez faire de votre mieux. Les faits se passeront de commentaires, ils se recommanderont par eux-mêmes.

Les mains de l'albinos tremblaient.

— Je vous écoute.

Brand s'était résigné. Ils avaient fait leurs études ensemble. Il ne fallait tout de même pas se montrer *trop* arbitraire.

Brand Gorla se cala confortablement dans son fauteuil et se détendit. La lumière d'Arcturus entrait par les baies vitrées, diffusée et adoucie par le verre polarisant. Même ce succédané de lumière était trop violent pour les yeux de l'autre, et il les protégeait de la main tout en parlant.

— J'ai vécu sur Dorlis pendant vingt-cinq ans, Brand, dit-il. J'ai fureté dans des endroits dont personne jusqu'à présent ne soupçonnait l'existence, et j'ai découvert des choses. Dorlis était la capitale scientifique et culturelle d'une civilisation plus grande que la nôtre, et tout particulièrement dans le domaine de la psychologie.

— Les choses paraissent toujours meilleures avec le recul.

Brand eut un sourire condescendant.

— Cette loi est exprimée par un théorème que vous trouverez dans n'importe quel ouvrage de base. Les étudiants de première année l'appellent invariablement le « théorème du B.V.T. », pour « Bon Vieux Temps », vous savez. Mais continuez, je vous prie.

Theor ne goûta guère la digression. Il réprima une moue sarcastique.

— On peut toujours faire abstraction d'un fait gênant en lui collant une étiquette ridicule. Mais il y a une chose que j'aimerais que vous me disiez. Que savez-vous au juste de la gestion psychologique de masse ?

Brand haussa les épaules.

— Ça n'existe pas. En tout cas, pas au sens strict du terme. Toute propagande, toute publicité peut être considérée comme une forme grossière de gestion psychologique de masse procédant par tâtonnements — et parfois c'est très efficace. Peut-être est-ce cela que vous voulez dire.

— Pas du tout. Je veux parler de véritables expériences, portant sur des masses de gens, dans des conditions étroitement contrôlées, et s'étendant sur des périodes de plusieurs années.

— On a beaucoup parlé de telles expériences.

Mais en pratique, elles ne sont pas réalisables. Nos structures sociales n'y résisteraient pas, et nous n'avons pas les connaissances nécessaires pour pouvoir instaurer un contrôle efficace.

Theor avait de la peine à refréner son enthousiasme.

— Mais les Anciens, eux, avaient les connaissances nécessaires, et ils ont instauré un contrôle efficace.

— Voilà qui est surprenant et ne manque pas d'intérêt, dit Brand avec flegme. Mais comment le savez-vous ?

— J'ai trouvé les documents faisant état de l'expérience.

Il fit une pause, le temps de reprendre haleine.

— Une planète entière, Brand. Un monde entier choisi pour la circonstance, peuplé d'êtres strictement contrôlés à tout point de vue. Étudiés et catalogués, et soumis à diverses expériences. Vous voyez ce que ça peut donner ?

Brand n'observait aucun des symptômes habituels du déséquilibre mental. Un examen plus approfondi, peut-être...

— Vous avez dû vous méprendre, dit-il calmement. C'est tout à fait impossible. On ne peut pas inspecter des êtres humains comme ça. Il y a un trop grand nombre de variables.

— C'est là que je voulais en venir, Brand. Ce n'étaient pas des êtres humains.

— Quoi ?

— C'étaient des robots, des robots positoniques. Un monde entier peuplé de robots, Brand, n'ayant rien d'autre à faire que vivre et réagir et être étudiés par un groupe de psychologues qui étaient, eux, de *vrais* psychologues.

— C'est de la folie !

— Et je puis prouver la véracité de mes dires — car ce monde de robots existe toujours. La Ire Confédération a disparu depuis longtemps, mais ce monde de robots a poursuivi son petit bonhomme de chemin, et il existe encore de nos jours.

— Et comment le savez-vous ?

Realo se leva.

— Parce que j'y ai passé ces vingt-cinq dernières années !

Le maître du Conseil se débarrassa de sa toge officielle à liséré rouge et, faisant fi de l'étiquette, sortit d'une de ses poches un long cigare tordu.

— Ridicule, grogna-t-il, et parfaitement grotesque.

— Exactement, dit Brand, et je ne peux pas déballer cette histoire au Conseil comme ça, tout de go. Ils ne m'écouteraient même pas. Il fallait d'abord que je vous expose l'affaire, et ensuite, si vous acceptez d'endosser la chose...

— Oh ! la barbe ! Je n'ai jamais rien entendu d'aussi... Qui est-ce, cet albinos ?

Brand soupira.

— Un drôle de coco, j'en conviens. Il était dans ma classe à l'université d'Arcturus, et à l'époque c'était déjà un gars plutôt biscornu. Terriblement inadapté, passionné d'histoire ancienne ; le genre de type qui, lorsqu'il a une idée, s'acharne dessus jusqu'à ce qu'il l'ait menée à bien. Il dit qu'il a farfouillé sur Dorlis pendant vingt-cinq ans. Il a pratiquement réuni les archives d'une civilisation entière.

Le maître du Conseil tira furieusement sur son cigare.

— Ouais, je sais. Dans les feuilletons de télestat, c'est toujours le brillant amateur qui fait les grandes découvertes. Le solitaire. Le franc-tireur. Quelles foutaises ! Vous avez consulté le Département d'archéologie ?

— Bien sûr. Et ma petite enquête a donné des résultats assez curieux. Personne ne s'intéresse à Dorlis. Ce n'est pas seulement de l'histoire ancienne, voyez-vous. Les faits remontent à quinze mille ans ; ça relève pratiquement du mythe. Les archéologues réputés n'aiment pas trop perdre leur temps avec ces choses-là. C'est justement le genre de découverte qu'un profane passionné de recherche et obstiné jusqu'à l'obsession pourrait faire. Si tout cela se trouve être confirmé par les faits, Dorlis deviendra un paradis pour archéologues.

Le maître du Conseil fit une grimace qui déforma son visage aux traits assez quelconques.

— Notre amour-propre en prendrait un sale coup. S'il y a une part de vérité dans tout ça, cela prouverait que la Ire Confédération avait une maîtrise de la psychologie tellement plus grande que la nôtre que, à côté d'eux, nous ferions figure de petits rigolos. Et cela voudrait aussi dire qu'ils ont construit des robots positoniques supérieurs d'au moins soixante-quinze échelons à tout ce que nous avons même projeté de fabriquer. Par la galaxie ! Imaginez un peu les mathématiques que cela impliquerait !

— Écoutez. J'ai consulté un peu tout le monde. Je ne me serais pas permis de vous exposer cette affaire sans avoir procédé au préalable à toutes les vérifications possibles et imaginables. J'ai été voir Blak sans perdre une minute. Il est mathématicien-conseil auprès de United Robots. Il m'a dit qu'il n'y avait pas de limite à ce qu'on pouvait faire faire à un robot. Avec du temps, de l'argent et surtout, notez-le bien, *avec une connaissance plus étendue de la psychologie*, nous pourrions construire des robots semblables sur-le-champ.

— Quelles preuves a-t-il ?

— Qui ça ? Blak ?

— Non, non. Votre ami. L'albinos. Vous avez dit qu'il détenait des documents.

— Oui. Je les ai apportés avec moi. Et leur authenticité ne fait absolument aucun doute. Depuis dimanche, je les ai fait tester par tous les moyens connus. Je ne peux pas les lire, bien sûr, et je ne sais même pas si quelqu'un d'autre que Theor Realto est en mesure de le faire.

— C'est un peu trop commode, vous ne trouvez pas ? Nous sommes obligés de le croire sur parole.

— Dans un sens, oui, mais il ne prétend pas être capable d'en déchiffrer plus que quelques passages. Il dit que la langue est apparentée à l'ancien centaurien, et j'ai mis une équipe de linguistes sur le coup. Elle peut être déchiffrée, et si la traduction de Realo est fausse, nous le saurons.

— Soit. Voyons un peu tout ça.

Brand Gorla sortit les documents montés sous plastique. Le maître du Conseil leur accorda à peine un regard, et se pencha tout de suite sur la traduction. Il continua à exhaler des volutes de fumée noire tout en lisant.

— Hum, ouais, fit-il en guise de commentaire. Pour tous renseignements complémentaires, il nous faudra aller faire un tour sur Dorlis, je suppose.

— Theor affirme qu'il y a en tout de cent à deux cents tonnes de plans rien que pour le schéma du cerveau des robots positoniques. Ils y sont toujours, dans leur chambre forte d'origine. Mais vous ne savez pas le plus beau. Il s'est rendu lui-même sur le monde des robots, et en a ramené des photomoulages, des enregistrements sur télétype et toutes sortes de documents inestimables. Toutes ces données ont été glanées sans aucune méthode et sans aucun esprit de synthèse, et c'est de toute évidence le travail d'un dilettante ignorant pratiquement tout de la psychologie. Il a néanmoins réussi à réunir suffisamment de renseignements pour prouver d'une façon à peu près concluante que le monde qu'il a visité n'était pas — euh — naturel.

— Vous les avez apportés aussi ?

— Oui. Tout est là. La presque totalité des documents est sur microfilm, mais j'ai apporté une visionneuse. Tenez, voici vos oculaires.

Une heure plus tard, le maître du Conseil dit :

— Je vais convoquer une réunion du Conseil dès demain pour que nous délibérions de la question et que nous prenions les résolutions qui s'imposent.

Brand Gorla eut un sourire tendu.

— Nous allons envoyer une délégation sur Dorlis ?

— Cela dépend, dit le maître du Conseil d'un air désabusé, si l'Université accepte de nous voter les crédits nécessaires pour financer une telle expédition — et si oui, quand elle le fera. Laissez-moi ces documents quelque temps, je vous prie. Je veux les examiner à tête reposée.

Théoriquement, le ministère de la Science et de la Technologie exerce un contrôle administratif sur toute recherche scientifique. En pratique, cependant, les unités de recherche pure des grandes universités sont des organismes jouissant d'une autonomie totale, et, en règle générale, le gouvernement ne leur conteste pas ce privilège. Mais qui dit règle générale ne veut pas obligatoirement dire règle universelle.

Et c'est ainsi que le maître du Conseil avait eu beau fulminer, jurer, tempêter, il n'y avait pas eu moyen de refuser une entrevue à Wynne Murry. Pour donner à Murry son titre *in extenso*, il était sous-secrétaire d'État chargé de la psychologie, de la psychopathie et de la technologie mentale. Et c'était, personnellement, un fort bon psychologue.

Le maître du Conseil pouvait donc le foudroyer du regard, mais c'est tout ce qu'il pouvait faire.

Le sous-secrétaire d'État Murry ignora joyeusement les foudres de son interlocuteur. Il se frotta le menton à rebrousse-poil et dit :

— Disons, si vous préférez, que je suis ici pour complément d'information.

— Je ne vois pas quelles informations vous voulez, dit le maître du Conseil d'une voix glaciale. Le gouvernement n'a, en ce qui concerne la répartition des budgets universitaires, qu'un rôle purement consultatif, et je ne vous cacherai pas qu'en l'occurrence, ses conseils sont plutôt malvenus.

Murry haussa les épaules.

— Je ne conteste pas l'affectation des fonds universitaires. Mais vous ne quitterez pas la planète sans l'autorisation du gouvernement. C'est là qu'intervient le complément d'information.

— Nous n'avons pas d'autres renseignements que ceux que nous vous avons donnés.

— Mais certaines choses ont fini par transpirer. Que de cachotteries inutiles, à la vérité.

Le sang monta au visage du vieux psychologue.

— Des cachotteries ! Si vous ne connaissez pas les méthodes de travail universitaires, je n'y peux rien. Les recherches, surtout lorsqu'elles portent sur des questions importantes, ne sont pas — et ne peuvent pas — être rendues publiques avant que des résultats tangibles n'aient été atteints. Lorsque nous reviendrons, nous vous enverrons des copies des rapports que nous publierons, s'il y en a.

Murry secoua la tête.

— Rien à faire. Vous allez à Dorlis, n'est-ce pas ?

— Nous avons informé le ministère de la Science de l'expédition que nous préparons.

— Pourquoi ?

— Pourquoi tenez-vous à le savoir ?

— Parce que c'est une affaire d'importance, sinon le maître du Conseil ne se déplacerait pas en personne. Qu'est-ce que c'est que cette histoire de civilisation disparue et de monde de robots ?

— Eh bien, vous voyez que vous êtes au courant !

— Nous en sommes réduits à échafauder de vagues hypothèses fondées sur des informations fragmentaires et contradictoires. Je veux des précisions.

— Nous ne sommes pas plus avancés que vous à l'heure actuelle. Ce n'est qu'une fois sur Dorlis que nous pouvons espérer faire la lumière sur certaines questions.

— Dans ce cas, je vous accompagne.

— Quoi ?

— Voyez-vous, moi aussi je veux des précisions.

— Pourquoi ?

— Aha !

Murry déplia ses longues jambes et se leva.

— C'est vous qui posez les questions, à présent. C'est inutile. Je sais que les universités voient d'un sale œil toute ingérence de la part du gouvernement, et je sais aussi que je ne dois m'attendre à être aidé dans ma tâche par *aucune* autorité universitaire. Mais par Arcturus, cette fois vous serez bien obligés de m'aider, que vous le vouliez ou non. Votre expédition n'ira nulle part à moins que je ne vous accompagne — en tant que représentant du gouvernement.

Dorlis n'est pas une planète impressionnante. Son importance vis-à-vis de l'économie galactique est nulle, elle est située très à l'écart des grands axes commerciaux, ses autochtones sont primitifs et ignorants, son histoire obscure. Et pourtant, quelque part parmi les ruines et les gravats dont est parsemé ce vieux monde, on trouve des traces obscures de la vague de violence et de destruction venue d'ailleurs qui s'est abattue sur Dorlis en des temps reculés, alors qu'elle était la grande capitale d'une grande fédération.

Et quelque part au milieu de ces ruines et de ces gravats, des hommes venus d'un monde plus neuf exploraient, fouillaient, et cherchaient à comprendre.

Le maître du Conseil secoua la tête et repoussa ses cheveux grisonnants vers l'arrière. Il ne s'était pas rasé depuis une semaine.

— L'ennui, dit-il, c'est que nous n'avons pas de point de référence. La langue peut sans doute être décryptée, mais il n'y a rien à faire pour la notation.

— Je trouve que nous avons déjà obtenu des résultats très appréciables.

— De simples tâtonnements ! Des hypothèses parfaitement gratuites fondées sur la traduction de votre ami albinos. Il ne faut pas nourrir trop d'espoirs de ce côté-là.

— Allez, on ne me la fait pas, dit Brand. Vous avez passé deux ans sur l'Anomalie nimienne, et à ce jour seulement deux mois sur cette affaire, qui représente un travail cent mille fois plus important. Non, ce n'est pas ça qui vous chiffonne.

Il eut un sombre sourire.

— Point n'est besoin d'être psychologue pour comprendre que c'est l'envoyé du gouvernement qui vous met dans cet état.

Le maître du Conseil sectionna l'extrémité d'un cigare et la cracha à plus d'un mètre.

— Il y a trois choses qui m'exaspèrent chez cet imbécile. Premièrement, je n'aime pas que le gouvernement vienne fourrer son nez dans mes affaires. Deuxièmement, je n'aime pas qu'un inconnu passe son temps à fouiner dans le coin alors qu'on est branché sur le plus gros coup de toute l'histoire de la psychologie. Troisièmement, je n'arrive pas à comprendre ce qu'il cherche. *Quel but poursuit-il ?*

— Je ne sais pas.

— Quel but *devrait-il* poursuivre ? Y avez-vous songé ?

— Non. Pour être franc, je m'en moque. Je ne lui prêterais pas la moindre attention si j'étais à votre place.

— Ah ! oui, vous feriez ça ? dit le maître du Conseil avec emportement. Vous feriez ça ! Alors comme ça vous pensez qu'on devrait rester indifférent devant l'ingérence du gouvernement dans cette affaire. Vous savez sans doute que ce Murry se dit psychologue.

— Je sais.

— Et vous savez sans doute qu'il a suivi tous nos travaux avec un intérêt extrême.

— Cela ne me paraît que naturel.

— Tiens donc ! Et sans doute savez-vous aussi que...

Il baissa la voix avec une soudaineté saisissante.

— Attention, doucement, voilà Murry qui arrive.

Wynne Murry les salua en souriant, mais le maître du Conseil se contenta de faire un signe de tête assez sec.

— Savez-vous que je n'ai pas fermé l'œil depuis quarante-huit heures ? dit Murry jovialement. Vous avez mis la main sur quelque chose, vous savez. Quelque chose d'important.

— Merci.

— Non, non. Je parle sérieusement. Le monde de robots existe.

— Vous en doutiez ?

Le sous-secrétaire d'État haussa aimablement les épaules.

— On ne peut se défendre d'un certain scepticisme naturel. Quels sont vos plans pour l'avenir ?

— Pourquoi me demandez-vous ça ?

Le maître du Conseil avait grogné ces mots comme si on les lui avait arrachés un à un.

— Pour savoir s'ils concordent avec les miens.

— Et quels sont les vôtres ?

Le sous-secrétaire d'État sourit.

— Non, non, à vous l'honneur. Combien de temps pensez-vous rester ici ?

— Aussi longtemps qu'il le faudra pour qu'on commence à s'y retrouver dans les documents en question.

— Ce n'est pas une réponse. Qu'entendez-vous par « commencer à s'y retrouver » ?

— Je n'en ai pas la moindre idée. Cela pourrait prendre des années.

— Aïe ! Aïe ! Aïe !

Le maître du Conseil haussa les sourcils mais ne dit rien.

Le sous-secrétaire d'État contempla ses ongles.

— Je crois comprendre que vous connaissez la position de ce monde de robots ?

— Naturellement. Theor Realo y est allé. Jusqu'à présent, ses informations se sont révélées tout à fait exactes.

— Oui, bien sûr. L'albinos. Eh bien, pourquoi ne pas y aller ?

— Y aller ? Impossible !

— Puis-je demander pourquoi ?

— Écoutez, dit le maître du Conseil avec une impatience à peine dissimulée. Si vous êtes ici, ce n'est pas sur invitation ; quant à vos conseils sur la démarche à suivre, on s'en passerait volontiers. Mais pour vous prouver ma bonne volonté, je vais quand même tâcher de vous brosser un tableau — disons, métaphorique — de la situation. Imaginez que nous soyons confrontés à une machine énorme et compliquée, construite sur des principes et avec des matériaux dont nous ne saurions rien, ou presque. Elle est si colossale qu'on n'arrive même pas à comprendre les rapports qui lient les différentes parties qui la composent — et *a fortiori* la fonction de l'ensemble. Me conseilleriez-vous d'attaquer les mystérieuses pièces de ma machine avec un rayon détonant avant d'avoir compris de quoi il retourne ?

— Je comprends où vous voulez en venir, bien sûr, mais vous frisez le mysticisme. Votre métaphore est vraiment trop tirée par les cheveux.

— Pas du tout. Ces robots positoniques ont été construits suivant un schème dont nous ne savons rien, et ont été conçus pour suivre un schème dont nous ignorons même les grandes lignes. Une chose est certaine : les robots ont été mis dans l'isolement le plus complet pour qu'ils soient les artisans de leur propre destinée. Compromettre cet isolement reviendrait à compromettre l'expérience elle-même. Si nous y allons en masse, nous introduirons des facteurs nouveaux et imprévus, nous provoquerons des réactions non préméditées et cela fichera tout par terre. La plus infime perturbation...

— Allons donc ! Theor Realo s'y est déjà rendu.

Le maître du Conseil perdit tout à coup patience et se mit à crier.

— Vous croyez peut-être que je ne le sais pas ? Pensez-vous que ce serait arrivé si cet albinos de malheur n'avait pas été un fanatique inconscient ignorant tout de la psychologie ? La galaxie sait quels dégâts irréparables cet idiot a pu faire.

Il y eut un silence. Le sous-secrétaire d'État se tapota pensivement les dents avec ses ongles.

— Je ne sais pas... Je ne sais pas. Mais je dois en avoir le cœur net. Et ça ne peut pas attendre des années.

Il s'éloigna, et le maître du Conseil se tourna vers Brand, ivre de fureur.

— Et comment allons-nous empêcher cet individu-là d'aller voir le monde des robots de plus près si l'envie l'en prend ?

— Je ne vois pas comment il pourrait y aller si nous ne l'y autorisons pas. Il ne dirige pas l'expédition, que je sache.

— Ah non ? C'est justement ce dont je voulais vous parler avant qu'il arrive. Dix vaisseaux de la flotte ont atterri sur Dorlis depuis que nous sommes arrivés.

— *Quoi ?*

— Vous m'avez bien entendu.

— Mais pourquoi ?

— C'est justement ce que je n'arrive pas, moi non plus, à comprendre.

— Puis-je entrer un instant ? demanda aimablement Wynne Murry.

Theor Realo sursauta et leva les yeux des papiers qui jonchaient son bureau.

— Entrez. Je vais vous débarrasser un siège.

Dans un état de nervosité extrême, l'albinos enleva les dossiers qui couvraient complètement l'une des deux chaises.

Murry s'assit et croisa ses longues jambes.

— On vous a donné du travail, à vous aussi ?

Il désigna le bureau d'un geste du menton.

Theor Realo eut un pâle sourire et secoua la tête. Presque machinalement, il rassembla ses papiers et les retourna.

Au cours des mois qui s'étaient écoulés depuis qu'il était revenu sur Dorlis avec une centaine de psychologues plus ou moins réputés, il s'était senti mis progressivement sur la touche. On n'avait plus besoin de lui. Ses activités se bornaient à répondre de temps en temps à des questions pratiques sur tel ou tel aspect de la vie sur la planète des robots, que, seul, il avait visitée. Et même alors il décelait, ou croyait déceler chez ses interlocuteurs une certaine irritation, comme s'ils lui reprochaient d'y être allé, lui, un non-scientifique.

Il y avait de quoi être amer. Et pourtant, ç'avait toujours été comme ça.

— Pardon ?

Il n'avait pas écouté la dernière remarque de Murry.

— Je dis qu'il est surprenant qu'on ne vous mette pas à contribution, répéta le sous-secrétaire. C'est pourtant vous qui êtes à l'origine de toute l'affaire, si je ne m'abuse.

— Oui.

L'albinos se rasséréna un peu.

— Mais elle m'a complètement dépassé, maintenant. Elle a pris une trop grande importance.

— Vous avez été sur le monde des robots, pourtant.

— Il paraît que c'était une erreur, que j'aurais pu tout gâcher.

Murry fit la grimace.

— Je crois plutôt que ce qu'ils ont du mal à avaler, c'est que vous avez un tas d'informations de première main et qu'ils doivent passer par vous pour les obtenir. Ne vous laissez surtout pas impressionner par leurs titres ronflants. Mieux vaut être un amateur plein de bon sens qu'un spécialiste borné. Vous et moi — je suis un amateur, moi aussi, vous savez — nous devons défendre nos droits. Cigarette ?

— Je ne fu... Oui, je veux bien, merci.

L'albinos commençait à trouver le grand gaillard assis en face de lui plutôt sympathique. Il retourna de nouveau ses papiers, et courageusement, quoique timidement, s'anima.

— Vingt-cinq ans.

Theor parlait prudemment, en tâchant de se faufiler entre les accès de toux qui le secouaient périodiquement.

— Seriez-vous prêt à répondre à certaines questions concernant ce monde ?

— Si vous voulez. C'est tout ce qui les intéresse. Mais ne pensez-vous pas que vous feriez mieux de leur demander à eux ? Ils doivent en savoir plus long que moi à l'heure qu'il est.

Il souffla la fumée aussi loin de lui-même qu'il put.

— Pour tout vous dire, répondit Murry, ils n'ont pas avancé d'un poil depuis qu'ils sont arrivés, et je voudrais obtenir un certain nombre de renseignements libres de toute traduction psychologique inutile et embrouillée. Tout d'abord, quelle sorte de gens — ou de choses — sont ces robots ? Vous n'auriez pas un photo-moulage de l'un d'eux, par hasard ?

— Non, je n'aimais pas trop prendre des moulages d'eux. Mais ce ne sont pas des choses — ce sont des *gens !*

— Pas possible ? Est-ce qu'ils ont l'apparence de... de gens ?

— En gros, oui. Extérieurement, en tout cas. J'ai rapporté des études microscopiques de leur structure cellulaire que j'ai pu me procurer. C'est le maître du Conseil qui les a. Intérieurement, ils sont différents, vous savez. Pas mal simplifiés. Mais à les voir, comme ça, on ne s'en douterait pas. Ils sont intéressants... et sympathiques.

— Est-ce qu'ils sont plus simples que les autres formes de vie existant sur la planète ?

— Oh ! non. C'est une planète très primitive. Et... et...

Il fut interrompu par une quinte de toux et écrasa sa cigarette aussi discrètement que possible.

— Ils ont une base protoplasmique, vous savez. Je ne crois pas qu'ils se doutent le moins du monde qu'ils sont des robots.

— Non, bien sûr. Le contraire serait étonnant. Quel est leur niveau scientifique ?

— Je ne sais pas. Je n'ai pas eu l'occasion de m'en faire une idée. Et tout était si différent. Sans doute un expert aurait-il pu vous répondre.

— Ils avaient des machines ?

L'albinos parut surpris.

— Bien entendu. Beaucoup, et de toutes sortes.

— Des grandes villes ?

— Oui.

Le regard du sous-secrétaire d'État devint pensif.

— Et vous les aimez bien. Pourquoi ?

Theor se raidit brusquement.

— Je ne sais pas. Ils étaient sympathiques, c'est aussi bête que ça. On s'entendait bien. Ils ne m'ont pas importuné. Rien de vraiment définissable, notez bien. Peut-être est-ce simplement parce que j'ai tellement de mal à m'adapter ici, chez moi, et qu'ils étaient moins difficiles que de vrais êtres humains.

— Plus amicaux ?

— N-non, pas vraiment. Je n'ai jamais vraiment été accepté par eux. J'étais un étranger, je ne parlais pas leur langue, au début — tout ça.

Il leva la tête et un éclair passa dans ses yeux.

— Je les comprenais mieux. Je suivais mieux le déroulement de leur pensée. Je... Mais je ne sais pas pourquoi.

— Hum... Une autre cigarette ? Non ? Il faut que j'aille dormir, à présent. Il se fait tard. Que diriez-vous d'une partie de golf à deux demain ? J'ai improvisé un petit parcours qui fera l'affaire. Venez donc. Un peu d'exercice ne vous fera pas de mal.

Il sourit une dernière fois et sortit.

Une fois dans le couloir, il marmonna pour lui-même :

— Ça m'a tout l'air d'un arrêt de mort.

Et il sifflota pensivement en regagnant ses appartements.

Il se répéta la phrase intérieurement en allant trouver le maître du Conseil le lendemain, ceint de son écharpe officielle. Il ne s'assit pas.

— Encore ? dit le maître du Conseil d'une voix lasse.

— Encore ! répliqua le sous-secrétaire d'État. Mais cette fois, c'est du sérieux. Il se peut que je doive prendre en main la direction de votre expédition.

— Quoi ? Impossible, Monsieur ! Il ne saurait en être question !

— Je suis dûment mandaté pour le faire.

Wynne Murry lui montra le cylindre métallique qu'il tenait à la main et l'ouvrit d'une simple pression du pouce.

— Je suis revêtu des pleins pouvoirs, et j'ai carte blanche quant à leur usage. L'acte est signé, comme vous pouvez le constater, par le président de la Chambre Haute de la Fédération.

— Soit... Mais pourquoi ?

Le maître du Conseil fit un effort pour respirer normalement.

— Y a-t-il une raison autre que la raison du plus fort ?

— Il y a une très bonne raison, Monsieur. Depuis le début, nous voyons cette expédition sous deux angles très différents. Le ministère de la Science et de la Technologie voit le monde des robots non comme une curiosité scientifique, mais du point de vue de la menace qu'elle fait peser sur la paix de la Fédération. Je ne crois pas que vous ayez jamais pris le temps de réfléchir au danger que représente pour nous cette planète peuplée de robots.

— Je ne vois pas de quel danger vous voulez parler. Elle est parfaitement isolée et parfaitement inoffensive.

— Comment le savez-vous ?

— Cela ressort de la nature même de l'expérience, cria le maître du Conseil. Ceux qui ont conçu le projet à l'origine voulaient enfermer leurs robots dans un système aussi fermé que possible. Leur planète est située aussi loin des axes commerciaux qu'on peut l'être, dans une région de l'espace faiblement peuplée. C'était le propos même de l'expérience de laisser la civilisation des robots se développer à l'abri de toute intervention extérieure.

Wynne Murry sourit.

— C'est là que je suis en désaccord avec vous. Écoutez. Tout le problème, avec vous, c'est que vous êtes un esprit théorique. Vous voyez les choses comme elles devraient être, et moi, qui suis un esprit pratique, je les vois comme elles sont. On ne laisse pas une expérience fonctionner indéfiniment d'une façon autonome. Il est admis que quelque part, il y a au moins un observateur qui surveille le déroulement de l'expérience et y apporte des *modifications* suivant les circonstances.

— Et alors ? dit le maître du Conseil d'une voix impassible.

— Alors, les observateurs de cette expérience,

les psychologues de Dorlis, ont disparu avec la Ire Confédération, et pendant quinze mille ans l'expérience a été livrée à elle-même. Les petits écarts se sont accumulés pour former de gros écarts, introduisant ainsi des facteurs non prévus au départ qui ont occasionné eux-mêmes d'autres écarts. Et ainsi de suite suivant une progression géométrique. Et il ne se trouvait plus personne pour mettre un terme à l'expérience.

— Tout cela relève du domaine des hypothèses les plus gratuites.

— Peut-être bien. Mais vous ne vous intéressez, quant à vous, qu'au monde des robots, et moi je dois penser à la Fédération tout entière.

— Et quelle menace le monde des robots pourrait-il bien représenter pour la Fédération, s'il vous plaît ? Par Arcturus, je ne vois pas où vous voulez en venir, mon vieux.

Murry poussa un soupir.

— Je serai simple, mais ne m'en veuillez pas si je vous semble un peu mélodramatique. Voilà des siècles que la Fédération n'a pas connu de guerre interne. Qu'arrivera-t-il si nous entrons en contact avec ces robots ?

— Vous avez peur d'un seul petit monde ?

— Cela se pourrait bien. Que savons-nous de leur niveau scientifique ? Les robots peuvent arriver à des résultats étonnants, parfois.

— Mais quel pourrait-il être, leur niveau scientifique ? Ce ne sont pas des surhommes électrométalliques, mais de faibles créatures protoplasmiques, une pâle imitation de l'humanité, avec un cerveau positonique conçu pour fonctionner à partir d'une gamme réduite de lois psychologiques simplifiées. Si c'est le mot « robot » qui vous fait peur...

— Non, pas du tout. Mais j'ai parlé à Theor Realo. Il est le seul à les avoir vus de près, vous savez.

Le maître du Conseil laissa échapper intérieurement un chapelet de jurons. Voilà ce qui arrivait quand on laissait un amateur, à moitié demeuré et complètement cinglé de surcroît, dans une position telle qu'il pouvait nuire à l'expédition tout entière par ses bavardages intempestifs.

— Realo nous a fait un compte rendu détaillé et exhaustif de son équipée, dit-il, et nous avons examiné le problème sous toutes ses coutures. Je puis vous assurer que ces robots ne présentent aucun danger. L'expérience est à ce point académique que je n'y passerais pas deux jours, n'était l'échelle exceptionnelle sur laquelle elle a été réalisée. D'après nos premiers renseignements, l'idée de départ était de fabriquer un cerveau positonique contenant une modification d'un ou deux des axiomes fondamentaux. Nous ne disposons pas encore d'informations détaillées, mais il y a tout lieu de croire que ces modifications sont minimes, étant donné qu'il s'agissait de la première expérience de ce genre jamais tentée, et que même les grands psychologues de stature mythique de l'époque devaient progresser pas à pas. Je vous dis que ces robots ne sont ni des surhommes ni des monstres. Je puis vous l'assurer — en tant que psychologue.

— Désolé, mais moi aussi, je suis psychologue. J'ai peut-être davantage l'habitude de travailler dans l'à-peu-près, c'est tout. Mais même des modifications minimes ! Prenez par exemple l'instinct de combativité. Ce n'est pas le terme scientifique exact, mais je n'ai pas la patience d'utiliser ce langage de spécialistes. Vous savez ce que je veux dire. Nous autres, êtres humains, étions combatifs autrefois. Mais nous le sommes de moins en moins à chaque génération. Un système politique et économique stable n'encourage pas l'individu à gaspiller son énergie dans le combat. Ce n'est pas un facteur de survie. Mais imaginez un instant que les robots soient agressifs, eux. Imaginez que par la faute d'un mauvais tournant pris au cours des millénaires qu'ils ont passés sans surveillance, ils soient infiniment plus combatifs que leurs créateurs ne l'avaient voulu. Il ne ferait pas bon se frotter à eux.

— Et imaginez que toutes les étoiles de la galaxie deviennent des novae en même temps. Il faudrait *vraiment* commencer à s'inquiéter.

— Et il y a autre chose, poursuivit Murry sans prêter attention à la remarque sarcastique de son interlocuteur. Theor Realo a trouvé ces robots sympathiques. Il les a trouvés plus sympathiques que les vrais êtres humains. Il s'est senti dans son élément, là-bas, et nous savons tous que dans son propre monde, parmi les siens, c'est un inadapté.

— Et qu'en concluez-vous ? demanda le maître du Conseil.

— Vous ne comprenez pas ?

Wynne Murry haussa les sourcils.

— Si Theor Realo trouve ces robots si sympathiques, c'est de toute évidence parce qu'il leur *ressemble*. Je suis prêt à parier qu'une analyse psychique approfondie de Theor Realo révélera une modification de plusieurs axiomes fondamentaux, et les mêmes que celles de ces robots.

« De plus, poursuivit le sous-secrétaire sur sa lancée, Theor Realo a travaillé pendant un quart de siècle pour démontrer le bien-fondé de sa thèse, alors que le monde scientifique au grand complet se serait gaussé de ses tentatives. Il y a du fanatisme, là-dedans. Une persévérance incroyable — *inhumaine. Ces robots sont probablement comme ça !* »

— Ce que vous avancez n'a aucun fondement logique Vous raisonnez comme un dément, comme un véritable crétin.

— Je n'ai pas besoin de preuves mathématiques. De fortes présomptions me suffisent. Mon rôle consiste à protéger la Fédération. Écoutez, mon raisonnement n'est pas aussi absurde que vous vous plaisez à le croire. Les psychologues de Dorlis n'étaient pas si géniaux que ça. Ils devaient avancer pas à pas, comme vous l'avez vous-même fait remarquer. Leurs humanoïdes — on ne peut pas vraiment appeler ça des robots — n'étaient que des imitations d'êtres humains, et ça ne pouvait être des imitations très fidèles. Les êtres humains possèdent certains systèmes de réaction très, *très* complexes — comme la conscience sociale, une tendance à l'instauration de systèmes éthiques, et des choses plus ordinaires telles que le désintéressement, la générosité, la loyauté, et ainsi de suite, qui ne peuvent tout simplement pas être reproduits. Je ne vois pas comment ces humanoïdes pourraient avoir ces qualités. Mais ils doivent, en revanche, si ma thèse sur Theor Realo est fondée, avoir de la persévérance, ce qui implique presque automatiquement l'obstination et la combativité. Si scientifiquement ils sont arrivés à un niveau quelconque, je ne veux pas les voir se balader en liberté dans la galaxie, même si nous sommes mille fois, un million de fois plus nombreux qu'eux. Et j'ai la ferme intention de les en empêcher par tous les moyens !

Le visage du maître du Conseil resta de glace.

— Et qu'avez-vous l'intention de faire dans l'immédiat ?

— Je l'ignore encore. Mais je crois que je vais organiser un mini-débarquement sur la planète.

— Un instant, voulez-vous.

Le vieux psychologue s'était levé et avait fait le tour du bureau. Il saisissait le sous-secrétaire d'État par le coude.

— Êtes-vous bien certain de mesurer toute la portée de ce que vous allez faire ? La valeur et la richesse des informations que peut receler pour nous cette expérience dépassent tout ce que vous ou moi pouvons imaginer. Vous ne savez pas ce que vous allez détruire.

— Si, je le sais. Vous croyez que je le ferai de gaieté de cœur ? Ce n'est pas un travail particulièrement héroïque. Le psychologue qui dort en moi est encore assez vivant pour que j'aie envie, moi aussi, de savoir de quoi il retourne. Mais j'ai été envoyé ici pour protéger la Fédération, et j'ai l'intention de mener à bien, dans toute la mesure de mes moyens, la mission qui m'incombe — quelle que soit la répugnance que j'éprouve à prendre les mesures nécessaires. C'est comme ça — je n'y puis rien.

— Il n'est pas possible que vous ayez vraiment réfléchi à la question. Que pouvez-vous savoir des clés que cette expérience nous livrera pour la compréhension des idées de base de la psychologie ? Cela équivaudra à la rencontre de deux systèmes galactiques dont la fusion nous fera faire des progrès tels, qu'à côté des connaissances et du pouvoir que nous y gagnerions, tous les ennuis que pourraient nous causer les robots — fussent-ils des surhommes électrométalliques — paraîtraient dérisoires.

Le sous-secrétaire d'État haussa les épaules.

— C'est vous qui échafaudez des hypothèses gratuites, à présent.

— Écoutez. Faisons un compromis. Imposez-leur un blocus. Isolez-les avec vos vaisseaux. Disposez un cordon sanitaire autour de la planète, mais ne les touchez pas. Accordez-nous du temps. Donnez-nous une chance. Vous devez le faire !

— J'y ai pensé. Mais j'aurai du mal à persuader la Chambre Haute de la nécessité d'une telle mesure. Ce serait une opération très onéreuse, vous savez.

Le maître du Conseil se laissa retomber dans son fauteuil, exaspéré.

— On croit rêver quand on entend dire des choses pareilles. Vous rendez-vous compte à quel taux d'intérêt nous serons remboursés si nous réussissons ?

Murry sembla peser le pour et le contre, puis dit avec un demi-sourire :

— Et s'ils mettent au point des voyages interstellaires ?

— Dans ce cas, je retire toutes mes objections, répondit rapidement le maître du Conseil.

Le sous-secrétaire d'État se leva.

— Je vais soumettre la chose à la Chambre Haute.

C'est avec une expression de neutralité étudiée que Brand Gorla regardait le dos voûté du maître du Conseil. Les discours encourageants que celui-ci faisait aux membres de l'expédition qui lui tombaient sous la main n'étaient guère convaincants, et c'est avec une certaine impatience qu'il les écoutait.

— Et maintenant, qu'allons-nous faire ? demanda-t-il.

Le maître du Conseil tressaillit légèrement mais ne se retourna pas.

— J'ai envoyé chercher Theor Realo. Ce petit plaisantin est parti faire un tour sur le Continent oriental la semaine dernière.

— Pour quoi faire ?

Le vieux psychologue s'enflamma.

— Comment voulez-vous que je comprenne quoi que ce soit à la conduite de ce débile mental ? Vous ne voyez pas que Murry avait raison ? Il est psychologiquement anormal. Nous n'aurions jamais dû le laisser sans surveillance. Si j'avais pensé à le regarder de plus près, j'aurais fait le nécessaire pour le neutraliser. Enfin, il sera bientôt de retour, et je peux vous garantir qu'il ne repartira plus.

Il ajouta en marmonnant d'une voix à peine audible :

— Voilà deux heures qu'il devrait être là.

— Nous sommes dans une position impossible, dit carrément Brand.

— Vous croyez ?

— Eh bien, pensez-vous vraiment que la Chambre Haute acceptera l'idée d'une surveillance indéfinie du monde des robots ? Ça va coûter de l'argent, et les contribuables de la galaxie rechigneront à la dépense. Les équations psychologiques dégénèrent pour devenir axiomes de bon sens. En fait, je ne vois pas pourquoi Murry a accepté de consulter la Chambre Haute.

— Vous ne voyez pas pourquoi ?

Le maître du Conseil se tourna finalement vers son cadet.

— C'est pourtant simple. L'imbécile se croit psychologue — à la galaxie ne plaise — et c'est là son point faible. Il se défend de vouloir personnellement la destruction du monde des robots, mais prétend que c'est le bien de la Fédération qui l'exige. Et il est prêt à accepter n'importe quel compromis raisonnable. La Chambre Haute ne renouvellera pas indéfiniment son accord, ça je le sais ; vous n'avez pas besoin de me faire un petit dessin.

Il parlait calmement, patiemment.

— Mais je demanderai un délai de dix ans, deux ans, six mois — le maximum que je pourrai obtenir. Mais j'obtiendrai un délai. Et ce délai, nous le mettrons à profit pour étudier le monde des robots et pour en savoir plus long sur lui. Notre position en sortira renforcée, et nous obtiendrons que l'accord soit reconduit lorsqu'il viendra à expiration. Nous sauverons le projet, vous verrez.

Il y eut un bref silence, et le maître du Conseil ajouta lentement et amèrement :

— Et c'est là que Theor Realo joue un rôle essentiel.

Brand Gorla le regarda attentivement et attendit que l'autre s'explique.

— À un moment donné, Murry a vu quelque chose qui nous avait échappé. Ce Realo est un invalide mental ; il est la clé de toute l'énigme. Si nous l'étudions, nous aurons une vague idée de ce à quoi ressemblent ses amis robots — ce sera une image déformée, bien sûr, puisqu'il a vécu dans un milieu hostile et inamical. Mais nous pouvons faire la part de cette anomalie, et évaluer ses caractéristiques dans... Oh ! et puis changeons de sujet, voulez-vous ? Tout ça commence à m'ennuyer sérieusement.

Un voyant lumineux clignota sur son bureau, et le maître du Conseil soupira.

— Bon, le voilà. Asseyez-vous, Gorla, vous m'énervez à rester debout. Voyons un peu ce que ce zèbre a dans le ventre.

Theor Realo franchit la porte du bureau comme une comète et s'immobilisa, à bout de souffle, au milieu de la pièce. Il posa alternativement sur les deux hommes un regard las et méfiant.

— Comment tout cela est-il arrivé ?

— Comment quoi est arrivé ? demanda froidement le maître du Conseil. Asseyez-vous. Je veux vous poser quelques questions.

— Non. Répondez-moi d'abord.

— *Asseyez-vous !*

Realo obtempéra. Il avait des larmes aux yeux.

— Ils vont détruire le monde des robots.

— Ne vous en faites pas pour ça.

— Mais vous leur avez donné le feu vert au cas où les robots se mettraient aux voyages interstellaires. Vous leur avez donné votre accord. Quelle idiotie ! Vous n'avez donc pas compris...

Il suffoquait.

Le maître du Conseil fronça les sourcils, mal à l'aise.

— Allez-vous vous calmer et parler d'une façon intelligible ?

L'albinos serra les dents et expulsa les mots avec peine.

— Mais ils *vont* se mettre aux voyages inter stellaires sous peu.

Et les deux psychologues de s'élancer comme un seul homme vers le petit albinos.

— Quoi ?

— Mais... mais, qu'est-ce que vous vous imaginiez ?

Realo bondit sur ses pieds avec toute la force du désespoir.

— Vous vous imaginez que j'ai débarqué en plein désert, ou au beau milieu d'un océan, et que j'ai exploré la planète tout seul, par mes propres moyens ? Vous vous croyez en plein roman, ou quoi ? J'ai été capturé dès mon atterrissage et emmené dans une grande ville. Du moins je crois que c'était une grande ville. Elle était différente des nôtres. Elle avait...

— Peu importe la ville, hurla le maître du Conseil. Vous avez été capturé. Ensuite ?

— Ils m'ont examiné. Ils ont examiné mon engin. Et puis une nuit, je suis parti avertir la Fédération. Ils ne savaient pas que je partais. Ils ne voulaient pas me voir partir.

Sa voix se brisa.

— Et à tout prendre, j'aurais préféré rester, mais la Fédération devait savoir.

— Leur avez-vous fourni des renseignements concernant votre vaisseau ?

— Comment l'aurais-je pu ? Je ne suis pas mécanicien. Je ne savais rien de la théorie ou de la construction de ce genre d'engin. Mais je leur ai montré comment s'en servir, et je les ai laissés examiner les moteurs. C'est tout.

— Ils n'y arriveront jamais. Ça ne leur suffira pas, dit Brand Gorla, surtout pour lui-même.

La voix de l'albinos se mua tout à coup en une espèce de cri de triomphe.

— Oh ! que si ! Oh ! que si, ils y arriveront. Ce sont des machines, vous savez. Ils s'attelleront au problème. Et ils y travailleront, et ils y travailleront, et ils n'auront de cesse qu'ils n'arrivent à leurs fins. Et ils trouveront. Je leur ai donné suffisamment de renseignements pour qu'ils y arrivent. J'en mettrais ma main au feu.

Le maître du Conseil le regarda longuement, puis détourna les yeux avec lassitude.

— Pourquoi ne nous avez-vous rien dit de tout ça ?

— Parce que vous m'avez volé mon monde. C'est moi qui l'avais découvert — tout seul, sans l'aide de personne. Et une fois que j'ai mâché tout le travail et que je vous ai invité à participer à la récolte, c'est vous qui m'avez fichu dehors. Tout ce que vous avez trouvé à me dire, c'est que j'aurais pu tout gâcher par mon intervention. Pourquoi donc vous l'aurais-je dit ? Vous n'aviez qu'à le découvrir tout seuls puisque vous étiez si forts, puisque vous pouviez vous permettre de me traiter comme quantité négligeable.

Inadaptation pathologique ! Complexe d'infériorité ! Manie de la persécution ! pensa amèrement le maître du Conseil. Charmant ! Tout semblait parfaitement logique, maintenant qu'on avait cessé de garder l'œil fixé sur l'horizon et qu'on avait pris la peine de regarder ce qui se passait sous son nez. Et maintenant, tout était fichu.

— C'est bon, Realo, dit-il. Nous sommes tous perdants. Allez-vous-en.

— C'est fini ? demanda Brand Gorla d'une voix tendue. Vraiment fini ?

— Vraiment fini, répondit le maître du Conseil. L'expérience initiale est terminée en tant que telle. Les distorsions provoquées par la visite de Realo seront suffisamment importantes pour que les plans que nous étudions ici deviennent lettre morte. Et d'ailleurs, Murry a raison. S'ils sont capables de faire des voyages interstellaires, ils sont dangereux.

Realo s'était mis à crier.

— Mais vous n'allez pas les exterminer ! Vous ne pouvez pas faire ça ! Ils n'ont fait de mal à personne !

Ses protestations ne rencontrèrent aucun écho.

— J'y retourne de ce pas, hurla-t-il. Je vais les avertir de ce qui se prépare. Ils auront le temps de s'organiser. Je vais les mettre en garde.

Il reculait vers la porte, ses cheveux blancs en bataille, ses yeux rouges exorbités.

Le maître du Conseil n'esquissa pas un geste pour le retenir quand il sortit en courant.

— Laissez-le partir. C'était sa vie, après tout. Ça n'a plus d'importance, maintenant.

Theor Realo fonçait vers le monde des robots, à moitié suffoqué par l'accélération qui le collait à son siège. Quelque part devant lui, perdue dans l'immensité de l'espace, il y avait une planète minuscule et isolée, peuplée d'imitations artificielles d'êtres humains aux prises avec une expérience qui depuis longtemps avait cessé d'exister ; cherchant aveuglément à atteindre un nouveau but — les voyages interstellaires — sans savoir que, ce faisant, ils signaient leur propre arrêt de mort.

Il avait mis le cap sur cette planète, sur cette même ville dans laquelle il avait été « examiné » la première fois. Il s'en souvenait distinctement. Son nom était les deux premiers mots de leur langue qu'il avait appris.

New York !

Le 26 juillet 1943, qui était un lundi, j'eus droit à un des rares jours de congé que je pouvais prendre en ces temps de guerre (il s'agissait, après tout, du premier anniversaire de mon mariage). J'allai à New York, et rendis visite à Campbell, comme dans le bon vieux temps. Je discutai avec lui d'un nouvel épisode de la série des *Fondation*, ainsi que d'un autre de la série des « robots positoniques ». À compter de ce jour, j'allai trouver Campbell chaque fois que je me trouvais à New York en semaine, ce qui arrivait, à dire vrai, assez rarement. Et bien sûr, nous entretenions des relations épistolaires très suivies.

Je m'étais remis à écrire pour de bon. Le rythme de production était lent, mais avant la fin de la guerre, je réussis quand même à écrire deux récits de robots positoniques, *Catch that Rabbit* et *Paradoxical Escape*, qui parurent respectivement dans les numéros de février et d'août de *Astounding*.

Tous deux devaient figurer plus tard au sommaire de *I, Robot.* (Le deuxième de ces récits est publié dans *I, Robot* sous le titre *Escape.* Le mot « paradoxical » avait été rajouté par Campbell, qui pourtant changeait rarement les titres, et je ne trouvais pas cette modification très heureuse.)

J'écrivis également pas moins de quatre épisodes de la série des *Fondation* au cours de ces années-là. Leurs titres : *The Big and the Little, The Wedge, Dead Hand*, et *The Mule.* Tous quatre furent publiés dans *Astounding*, bien sûr. Les trois premiers respectivement dans les numéros d'août 1944, d'octobre 1944 et d'avril 1945.

Avec *The Mule*, j'établis de nouveau un certain nombre de records. C'était le récit le plus long que j'eusse jamais écrit — cinquante mille mots. Malgré cela, et malgré aussi le fait que je devais y travailler quand mon emploi et mes obligations conjugales m'en laissaient le temps, je réussis à l'écrire en trois mois et demi. Je le soumis à Campbell le 21 mai 1945, et il l'accepta le 29. (De fait, je ne devais pas me heurter à un seul refus de toute la guerre, ou même à une acceptation sous conditions. Et je n'envoyais mes manuscrits qu'à Campbell, à l'exclusion de toute autre personne.)

Qui plus est, au début de 1944, Campbell rajusta son tarif de base, qui passa à un cent et demi par mot, et quelques mois plus tard à un cent trois quarts. Pour *The Mule*, je reçus un chèque calculé sur la base du tarif le plus élevé — soit 875 dollars. C'était de très loin le chèque le plus important que j'eusse jamais touché pour une nouvelle. En fait, à la fin de la guerre, je gagnais l'équivalent de la moitié de mon salaire à la N.A.E.S. grâce à ma plume — et ce malgré ma promotion, qui m'avait valu de toucher 60 dollars par semaine vers la fin du conflit.

Et puis, *The Mule* fut le premier récit que je publiai en plusieurs épisodes. Il parut en deux parties, dans les numéros de novembre et de décembre 1945 de *Astounding*.

Parmi les récits de la série des *Fondation* écrits pendant la guerre, *The Big and the Little* et *The Wedge* sont publiés dans *Foundation*, tandis que *Dead Hand* et *The Mule* constituent ensemble le volume intitulé *Foundation and Empire*.

Au cours des deux années qui séparèrent l'été 1943 de l'été 1945, je n'écrivis qu'une seule nouvelle qui n'était ni un épisode de la série des *Fondation* ni un récit de robot positonique. Elle s'appelait *Blind Alley* et était directement inspirée de la N.A.E.S. Je l'écrivis au cours du mois de septembre et des premiers jours d'octobre de l'année 1944. Je la soumis à Campbell le 10 octobre, et elle fut acceptée le 20 du même mois.

DU MÊME AUTEUR

Aux Éditions Denoël

FONDATION (Folio Science-Fiction n° 1)

FONDATION ET EMPIRE (Folio Science-Fiction n° 2)

SECONDE FONDATION (Folio Science-Fiction n° 31)

FONDATION FOUDROYÉE (Folio Science-Fiction n° 41)

TERRE ET FONDATION (Folio Science-Fiction n° 51)

LES VENTS DU CHANGEMENT (Folio Science-Fiction n° 75)

CHRONO-MINETS (Folio Science-Fiction n° 83)

LA FIN DE L'ÉTERNITÉ

LES DIEUX EUX-MÊMES

MOI, ASIMOV

AU PRIX DU PAPYRUS

JUSQU'À LA QUATRIÈME GÉNÉRATION

L'HOMME BICENTENAIRE

CHER JUPITER

FLÛTE, FLÛTE, ET FLÛTES

LA MÈRE DES MONDES

NOËL SUR GANYMÈDE

DANGEREUSE CALLISTO

L'AMOUR, VOUS CONNAISSEZ ?

QUAND LES TÉNÈBRES VIENDRONT

HISTOIRES MYSTÉRIEUSES

Aux Éditions J'ai lu

LES CAVERNES D'ACIER

FACE AUX FEUX DU SOLEIL

LE VOYAGE FANTASTIQUE
I, ROBOT
LES ROBOTS
UN DÉFILÉ DE ROBOTS
TYRANN
LES FILS DE FONDATION
LE ROBOT QUI RÊVAIT
ASIMOV PARALLÈLE
LES ROBOTS ET L'EMPIRE

Aux Éditions Pocket

TOUT SAUF UN HOMME
LÉGENDE
MAIS LE DOCTEUR EST D'OR
L'AUBE DE FONDATION
L'ENFANT DU TEMPS
NÉMÉSIS
AZAZEL
LES COURANTS DE L'ESPACE
PRÉLUDE À FONDATION
DESTINATION CERVEAU
L'AVENIR COMMENCE DEMAIN

En Omnibus

VERS UN NOUVEL EMPIRE
LE DÉCLIN DE TRANTOR
LA GLOIRE DE TRANTOR
PRÉLUDE À TRANTOR

Aux Éditions 10/18

PUZZLES AU CLUB DES VEUFS NOIRS
LE CLUB DES VEUFS NOIRS
CASSE-TÊTE AU CLUB DES VEUFS NOIRS
À TABLE AVEC LES VEUFS NOIRS

Dans la même collection

1.	Isaac Asimov	*Fondation*
2.	Isaac Asimov	*Fondation et Empire*
3.	Ray Bradbury	*Fahrenheit 451*
4.	H.P. Lovecraft	*La couleur tombée du ciel*
5.	Mary Shelley	*Frankenstein ou Le Prométhée moderne*
6.	Fredric Brown	*Martiens, go home!*
7.	Norman Spinrad	*Le Printemps russe,* 1
8.	Norman Spinrad	*Le Printemps russe,* 2
9.	Dan Simmons	*L'Échiquier du mal,* 1
10.	Dan Simmons	*L'Échiquier du mal,* 2
11.	Stefan Wul	*Oms en série*
12.	Serge Brussolo	*Le syndrome du scaphandrier*
13.	Jean-Pierre Andrevon	*Gandahar*
14.	Orson Scott Card	*Le septième fils*
15.	Orson Scott Card	*Le prophète rouge*
16.	Orson Scott Card	*L'apprenti*
17.	John Varley	*Persistance de la vision*
18.	Robert Silverberg	*Gilgamesh, roi d'Ourouk*
19.	Roger Zelazny	*Les neuf princes d'Ambre*
20.	Roger Zelazny	*Les fusils d'Avalon*
21.	Douglas Adams	*Le Guide galactique*
22.	Richard Matheson	*L'homme qui rétrécit*
23.	Iain Banks	*ENtreFER*
24.	Mike Resnick	*Kirinyaga*
25.	Philip K. Dick	*Substance Mort*
26.	Olivier Sillig	*Bzjeurd*
27.	Jack Finney	*L'invasion des profanateurs*
28.	Michael Moorcock	*Gloriana ou La reine inassouvie*
29.	Michel Grimaud	*Malakansâr*
30.	Francis Valéry	*Passeport pour les étoiles*

31. Isaac Asimov — *Seconde Fondation*
32. Philippe Curval — *Congo Pantin*
33. Mary Gentle — *Les Fils de la Sorcière*
34. Richard Matheson — *Le jeune homme, la mort et le temps*
35. Douglas Adams — *Le Dernier Restaurant avant la Fin du Monde*
36. Joël Houssin — *Le Temps du Twist*
37. H.P. Lovecraft — *Dans l'abîme du temps*
38. Roger Zelazny — *Le signe de la licorne*
39. Philip K. Dick et Roger Zelazny — *Deus irae*
40. Pierre Stolze — *La Maison Usher ne chutera pas*
41. Isaac Asimov — *Fondation foudroyée*
42. Fredric Brown — *Une étoile m'a dit*
43. Francis Berthelot — *Rivage des intouchables*
44. Gregory Benford — *Un paysage du temps*
45. Ray Bradbury — *Chroniques martiennes*
46. Roger Zelazny — *La main d'Oberon*
47. Maurice G. Dantec — *Babylon Babies*
48. René Barjavel — *Le Diable l'emporte*
49. Bruce Sterling — *Mozart en verres miroirs*
50. Thomas M. Disch — *Sur les ailes du chant*
51. Isaac Asimov — *Terre et Fondation*
52. Douglas Adams — *La Vie, l'Univers et le Reste*
53. Richard Matheson — *Je suis une légende*
54. Lucius Shepard — *L'aube écarlate*
55. Robert Merle — *Un animal doué de raison*
56. Roger Zelazny — *Les Cours du Chaos*
57. André-François Ruaud — *Cartographie du merveilleux*
58. Bruce Sterling — *Gros Temps*
59. Laurent Kloetzer — *La voie du cygne*
60. Douglas Adams — *Salut, et encore merci pour le poisson*

61.	Roger Zelazny	*Les Atouts de la Vengeance*
62.	Douglas Adams	*Globalement inoffensive*
63.	Robert Silverberg	*Les éléphants d'Hannibal*
64.	Stefan Wul	*Niourk*
65.	Roger Zelazny	*Le sang d'Ambre*
66.	Orson Scott Card	*Les Maîtres Chanteurs*
67.	John Varley	*Titan (La trilogie de Gaïa I)*
68.	André Ruellan	*Mémo*
69.	Christopher Priest	*La Machine à explorer l'Espace*
70.	Robert Silverberg	*Le nez de Cléopâtre*
71.	John Varley	*Sorcière (La trilogie de Gaïa II)*
72.	Howard Waldrop	*Histoire d'os*
73.	Herbert George Wells	*La Machine à explorer le Temps*
74.	Roger Zelazny	*Le signe du Chaos*
75.	Isaac Asimov	*Les vents du changement*
76.	Norman Spinrad	*Les Solariens*
77.	John Varley	*Démon (La trilogie de Gaïa III)*
78.	Roger Zelazny	*Chevalier des ombres*
79.	Fredric Brown	*Fantômes et farfafouilles*
80.	Robert Charles Wilson	*Bios*
81.	Walter Jon Williams	*Sept jours pour expier*
82.	Roger Zelazny	*Prince du Chaos*
83.	Isaac Asimov	*Chrono-minets*
84.	H. P. Lovecraft	*Je suis d'ailleurs*
85.	Walter M. Miller Jr.	*Un cantique pour Leibowitz*
86.	Michael Bishop	*Requiem pour Philip K. Dick*
87.	Philip K. Dick	*La fille aux cheveux noirs*
88.	Lawrence Sutin	*Invasions divines*
89.	Isaac Asimov	*La fin de l'Éternité*

90.	Mircea Cărtărescu	*Orbitor*
91.	Christopher Priest	*Le monde inverti*
92.	Stanislas Lem	*Solaris*
93.	William Burroughs	*Le festin nu*
94.	William Hjortsberg	*Angel Heart* (Le sabbat dans Central Park)
95.	Chuck Palahniuk	*Fight Club*
96.	Steven Brust	*Agyar*
97.	Patrick Marcel	*Atlas des brumes et des ombres*
98.	Edgar Allan Poe	*Le masque de la Mort Rouge*
99.	Dan Simmons	*Le Styx coule à l'envers*
100.	Joe Haldeman	*Le vieil homme et son double*
101.	Bruce Sterling	*Schismatrice +*
102.	Roger Zelazny et Fred Saberhagen	*Engrenages*
103.	Serge Brussolo	*Boulevard des banquises*
104.	Arthur C. Clarke	*La cité et les astres*
105.	Stefan Wul	*Noô*
106.	Andrew Weiner	*En approchant de la fin*
107.	H. P. Lovecraft	*Par-delà le mur du sommeil*
108.	Fredric Brown	*L'Univers en folie*

À paraître :

109.	Philip K. Dick	*Minority Report*
110.	Bruce Sterling	*Les mailles du réseau*
111.	Norman Spinrad	*Les années fléaux*

COLLECTION FOLIO

Dernières parutions

3545. Stephen Marlowe	*Octobre solitaire.*
3546. Albert Memmi	*Le Scorpion.*
3547. Tchékhov	*L'Île de Sakhaline.*
3548. Philippe Beaussant	*Stradella.*
3549. Michel Cyprien	*Le chocolat d'Apolline.*
3550. Naguib Mahfouz	*La Belle du Caire.*
3551. Marie Nimier	*Domino.*
3552. Bernard Pivot	*Le métier de lire.*
3553. Antoine Piazza	*Roman fleuve.*
3554. Serge Doubrovsky	*Fils.*
3555. Serge Doubrovsky	*Un amour de soi.*
3556. Annie Ernaux	*L'événement.*
3557. Annie Ernaux	*La vie extérieure.*
3558. Peter Handke	*Par une nuit obscure, je sortis de ma maison tranquille.*
3559. Angela Huth	*Tendres silences.*
3560. Hervé Jaouen	*Merci de fermer la porte.*
3561. Charles Juliet	*Attente en automne.*
3562. Joseph Kessel	*Contes.*
3563. Jean-Claude Pirotte	*Mont Afrique.*
3564. Lao She	*Quatre générations sous un même toit III.*
3565 Dai Sijie	*Balzac et la petite tailleuse chinoise.*
3566 Philippe Sollers	*Passion fixe.*
3567 Balzac	*Ferragus, chef des Dévorants.*
3568 Marc Villard	*Un jour je serai latin lover.*
3569 Marc Villard	*J'aurais voulu être un type bien.*
3570 Alessandro Baricco	*Soie.*
3571 Alessandro Baricco	*City.*
3572 Ray Bradbury	*Train de nuit pour Babylone.*
3573 Jerome Charyn	*L'Homme de Montezuma.*
3574 Philippe Djian	*Vers chez les blancs.*
3575 Timothy Findley	*Le chasseur de têtes.*

3576	René Fregni	*Elle danse dans le noir.*
3577	François Nourissier	*À défaut de génie.*
3578	Boris Schreiber	*L'excavatrice.*
3579	Denis Tillinac	*Les masques de l'éphémère.*
3580	Frank Waters	*L'homme qui a tué le cerf.*
3581	Anonyme	*Sindbâd de la mer* et autres contes.
3582	François Gantheret	*Libido Omnibus.*
3583	Ernest Hemingway	*La vérité à la lumière de l'aube.*
3584	Régis Jauffret	*Fragments de la vie des gens.*
3585	Thierry Jonquet	*La vie de ma mère !*
3586	Molly Keane	*L'amour sans larmes.*
3587	Andreï Makine	*Requiem pour l'Est.*
3588	Richard Millet	*Lauve le pur.*
3589	Gina B. Nahai	*Roxane,* ou *Le saut de l'ange.*
3590	Pier Paolo Pasolini	*Les Anges distraits.*
3591	Pier Paolo Pasolini	*L'odeur de l'Inde.*
3592	Sempé	*Marcellin Caillou.*
3593	Bruno Tessarech	*Les grandes personnes.*
3594	Jacques Tournier	*Le dernier des Mozart.*
3595	Roger Wallet	*Portraits d'automne.*
3596	Collectif	*Le Nouveau Testament.*
3597	Raphaël Confiant	*L'archet du colonel.*
3598	Remo Forlani	*Émile à l'Hôtel.*
3599	Chris Offutt	*Le fleuve et l'enfant.*
3600	Marc Petit	*Le Troisième Faust.*
3601	Roland Topor	*Portrait en pied de Suzanne.*
3602	Roger Vailland	*La fête.*
3603	Roger Vailland	*La truite.*
3604	Julian Barnes	*England, England.*
3605	Rabah Belamri	*Regard blessé.*
3606	François Bizot	*Le portail.*
3607	Olivier Bleys	*Pastel.*
3608	Larry Brown	*Père et fils.*
3609	Albert Camus	*Réflexions sur la peine capitale.*
3610	Jean-Marie Colombani	*Les infortunes de la République.*
3611	Maurice G. Dantec	*Le théâtre des opérations.*
3612	Michael Frayn	*Tête baissée.*
3613	Adrian C. Louis	*Colères sioux.*
3614	Dominique Noguez	*Les Martagons.*
3615	Jérôme Tonnerre	*Le petit Voisin.*

3616 Victor Hugo	*L'Homme qui rit.*
3617 Frédéric Boyer	*Une fée.*
3618 Aragon	*Le collaborateur* et autres nouvelles.
3619 Tonino Benacquista	*La boîte noire* et autres nouvelles.
3620 Ruth Rendell	*L'Arbousier.*
3621 Truman Capote	*Cercueils sur mesure.*
3622 Francis Scott Fitzgerald	*La Sorcière rousse,* précédé de *La coupe de cristal taillé.*
3623 Jean Giono	*Arcadie...Arcadie...,* précédé de *La pierre.*
3624 Henry James	*Daisy Miller.*
3625 Franz Kafka	*Lettre au père.*
3626 Joseph Kessel	*Makhno et sa juive.*
3627 Lao She	*Histoire de ma vie.*
3628 Ian McEwan	*Psychopolis* et autres nouvelles.
3629 Yukio Mishima	*Dojoji* et autres nouvelles.
3630 Philip Roth	*L'habit ne fait pas le moine,* précédé de *Défenseur de la foi.*
3631 Leonardo Sciascia	*Mort de l'Inquisiteur.*
3632 Didier Daeninckx	*Leurre de vérité* et autres nouvelles.
3633. Muriel Barbery	*Une gourmandise.*
3634. Alessandro Baricco	*Novecento : pianiste.*
3635. Philippe Beaussant	*Le Roi-Soleil se lève aussi.*
3636. Bernard Comment	*Le colloque des bustes.*
3637. Régine Detambel	*Graveurs d'enfance.*
3638. Alain Finkielkraut	*Une voix vient de l'autre rive.*
3639. Patrice Lemire	*Pas de charentaises pour Eddy Cochran.*
3640. Harry Mulisch	*La découverte du ciel.*
3641. Boualem Sansal	*L'enfant fou de l'arbre creux.*
3642. J.B. Pontalis	*Fenêtres.*
3643. Abdourahman A. Waberi	*Balbala.*
3644. Alexandre Dumas	*Le Collier de la reine.*
3645. Victor Hugo	*Notre-Dame de Paris.*
3646. Hector Bianciotti	*Comme la trace de l'oiseau dans l'air.*
3647. Henri Bosco	*Un rameau de la nuit.*

3648. Tracy Chevalier	*La jeune fille à la perle.*
3649. Rich Cohen	*Yiddish Connection.*
3650. Yves Courrière	*Jacques Prévert.*
3651. Joël Egloff	*Les Ensoleillés.*
3652. René Frégni	*On ne s'endort jamais seul.*
3653. Jérôme Garcin	*Barbara, claire de nuit.*
3654. Jacques Lacarrière	*La légende d'Alexandre.*
3655. Susan Minot	*Crépuscule.*
3656. Erik Orsenna	*Portrait d'un homme heureux.*
3657. Manuel Rivas	*Le crayon du charpentier.*
3658. Diderot	*Les Deux Amis de Bourbonne.*
3659. Stendhal	*Lucien Leuwen.*
3660. Alessandro Baricco	*Constellations.*
3661. Pierre Charras	*Comédien.*
3662. François Nourissier	*Un petit bourgeois.*
3663. Gérard de Cortanze	*Hemingway à Cuba.*
3664. Gérard de Cortanze	*J. M. G. Le Clézio.*
3665. Laurence Cossé	*Le Mobilier national.*
3666. Olivier Frébourg	*Maupassant, le clandestin.*
3667. J.M.G. Le Clézio	*Cœur brûle* et autres romances.
3668. Jean Meckert	*Les coups.*
3669. Marie Nimier	*La Nouvelle Pornographie.*
3670. Isaac B. Singer	*Ombres sur l'Hudson.*
3671. Guy Goffette	*Elle, par bonheur, et toujours nue.*
3672. Victor Hugo	*Théâtre en liberté.*
3673. Pascale Lismonde	*Les arts à l'école. Le Plan de Jack Lang et Catherine Tasca.*
3674. Collectif	*«Il y aura une fois». Une anthologie du Surréalisme.*
3675. Antoine Audouard	*Adieu, mon unique.*
3676. Jeanne Benameur	*Les Demeurées.*
3677. Patrick Chamoiseau	*Écrire en pays dominé.*
3678. Erri de Luca	*Trois chevaux.*
3679. Timothy Findley	*Pilgrim.*
3680. Christian Garcin	*Le vol du pigeon voyageur.*
3681. William Golding	*Trilogie maritime, 1. Rites de passage.*
3682. William Golding	*Trilogie maritime, 2. Coup de semonce.*

3683. William Golding — *Trilogie maritime, 3. La cuirasse de feu.*
3684. Jean-Noël Pancrazi — *Renée Camps.*
3686. Jean-Jacques Schuhl — *Ingrid Carven.*
3687. *Positif,* revue de cinéma — *Alain Resnais.*
3688. Collectif — *L'amour du cinéma. 50 ans de la revue* Positif.
3689. Alexandre Dumas — *Pauline.*
3690. Le Tasse — *Jérusalem libérée.*
3691. Roberto Calasso — *la ruine de Kasch.*
3692. Karen Blixen — *L'éternelle histoire.*
3693. Julio Cortázar — *L'homme à l'affût.*
3694. Roald Dahl — *L'invité.*
3695. Jack Kerouac — *Le vagabond américain en voie de disparition.*
3696. Lao-tseu — *Tao-tö king.*
3697. Pierre Magnan — *L'arbre.*
3698. Marquis de Sade — *Ernestine. Nouvelle suédoise.*
3699. Michel Tournier — *Lieux dits.*
3700. Paul Verlaine — *Chansons pour elle* et autres poèmes érotiques.
3701. Collectif — *« Ma chère maman ».*
3702. Junichirô Tanizaki — *Journal d'un vieux fou.*
3703. Théophile Gautier — *Le capitaine Fracassse.*
3704. Alfred Jarry — *Ubu roi.*
3705. Guy de Maupassant — *Mont-Oriol.*
3706. Voltaire — *Micromégas. L'Ingénu.*
3707. Émile Zola — *Nana.*
3708. Émile Zola — *Le Ventre de Paris.*
3709. Pierre Assouline — *Double vie.*
3710. Alessandro Baricco — *Océan mer.*
3711. Jonathan Coe — *Les Nains de la Mort.*
3712. Annie Ernaux — *Se perdre.*
3713. Marie Ferranti — *La fuite aux Agriates.*
3714. Norman Mailer — *Le Combat du siècle.*
3715. Michel Mohrt — *Tombeau de La Rouërie.*
3716. Pierre Pelot — *Avant la fin du ciel.*
3718. Zoé Valdès — *Le pied de mon père.*
3719. Jules Verne — *Le beau Danube jaune.*
3720. Pierre Moinot — *Le matin vient et aussi la nuit.*
3721. Emmanuel Moses — *Valse noire.*

Composition Bussière.
Impression Société Nouvelle Firmin-Didot
à Mesnil-sur-l'Estrée, le 2 août 2002.
Dépôt légal : août 2002.
1er dépôt légal : décembre 2001.
Numéro d'imprimeur : 60614.
ISBN 2-07-042167-8/Imprimé en France.

120246